小説

皇《み》國《くに》の母

西丘聖晴
NISHIOKA Kiyoharu

文芸社

目次　「小説　皇國の母」

第一話

終戦か?! 敗戦か!?

近頃、五六七禍《コロナか》と言われる。家の電視台《テレビ》を見ることが多く、報道番組の中で「Z《ゼット》」という文字をよく見かける。このZの字は、あれから七十七年目という節目の意味が込められている。七十七年目を記念して催しものをする為の、ロゴマークを表している。「77」を「7」と「L」に分けて組み合わせると「7L」——すなわち、「Z」というロゴマークになる。

日本人である私共では、あれから七十七年といえば、第二次世界大戦における、アジア太平洋戦争で敗戦を迎えた昭和二十年八月十五日、ポツダム宣言の無条件降伏を受け入れて敗戦国となった日のことになる。七十七年前、大日本帝国は敗戦国となった。戦争に負けたのである。

昭和二十年三月十三日、大阪は連合国軍のB29爆撃機による大空襲を受けた。省《しょう》線《せん》「森ノ宮駅」の近くには、大日本帝国軍の工廠《こうしょう》、すなわち軍に直属して、兵器、弾薬を製造する工場があったので攻撃を受けた。大阪の街のほとんどが燃えて焼け野原になってしまった。

それを今日の「令和」に至っても、政府関係者、高級官僚達は、「終戦」、「終戦」と曰《のたま》うのである。「敗戦」を「終戦」と偽っている。どんな理由があるにせよ、無謀な戦争を始めたのは、大日本帝国である。しかも歴史に汚点を残した奇襲攻撃をしたのである。そして最後には、ポツダム宣言を受諾して、大日本帝国は敗戦国となった。その事実、それを「敗戦」と認めず、連合国に降伏しているのに「終戦」、「終戦」だと唱えている。

大日本帝国は、第一次世界大戦後に敵方の広大な植民地を手に入れ支配していたが、このポツダム宣言の受諾により、アジア、太平洋に拡がっていた植民地を放棄させられて、領土の限定を受けたのである。残されたのは、北海道、本州、四国、九州のみで、沖縄さえも失った。

韓国の政治家である李《り》承晩《しょうばん》は、一九一〇（明治四十三）年の日韓併合後、米国において朝鮮独立運動に従事しており、一九四八（昭和二十三）年の大韓民国の成立と共に母国に復帰し、初代大統領に就任した。

李承晩の政策の特徴は反共親米政策の推進であったが、それを代表するのは、一九五二（昭和二十七）年に発した「海洋主権宣言」によって、朝鮮半島周辺の水域に設定した線（李承晩ライン）である。その水域の表面、水中および海底の天然資源に対し韓国の所有権を主張。あの竹島もそれに含まれているのである。この為、日本漁船の操業の範囲が狭められることになった。

一九六五（昭和四十）年、日韓漁業協定の締結によってこの李承晩ラインは廃止されたが、日本国は漁業を優先する為に、「竹島は大韓民国のもの」という主張を承諾したのである。その事実を国民には告げないで、大韓民国が日本国の領土である竹島を押領し不法に占領しているのだと、日本国民に罵《ののし》らせているのである。日韓漁業協定における取り決めを事実とすれば、間違いなく「竹島」は大韓民国の領土なのである。

ポツダム宣言により、北方四島や樺太《からふと》（Sakhalin サハリン）もソ連領となった。この巨大な島は、一九〇五（明治三十八）年、日露講和条約（ポーツマス条約）により北緯五十度以南が日本領土となり、北方四島と共に多くの日本人が住むようになった。しかしソ連は、第二次世界大戦において大日本帝国の敗色が濃くなると連合国軍に参入。一九四五（昭和二十）年八月八日、対日戦線に参戦した。そして大日本帝国の敗戦後、まんまとこれらの北方領土を自国のものとするのである。その間のソ連の動きは次のようになる。

昭和十六年四月十三日

日ソ中立条約を調印する。これは大日本帝国とソ連との間で、相互不可侵と相互中立を定めた条約である。なのに大日本帝国は関東軍特種演習（関特演）と称して、ソ満国境に進軍して、この条約を無視したのは、日本国の方であった。一方、有効期限内の昭和二十年、ソ連はこの条約の破棄を通告して、対日戦に参戦したのである。

この条約廃棄に至るまでには、次のようなことが行われた。

昭和十六年八月十四日＝ルーズベルト、チャーチル、大西洋憲章を発表する。

昭和十六年六月二十二日＝ドイツ軍、ソ連に攻撃開始（独ソ戦の開始）。

昭和十七年十一月十九日＝ソ連軍、ドイツ軍に対してスターリングラードで大反撃を開始。

こうして、ドイツ軍を壊滅させる。

昭和十八年十一月二十二日

第二次世界大戦争中、米国大統領ルーズベルト、英国首相チャーチル、中華民国総統蔣介石がカイロ（Cairo：エジプト、アラブ共和国の首都。アフリカ大陸最大の都市で、アラブ世界の政治、文化の中心地）で会談。十一月二十二日にカイロ宣言を発表。その内容は日本の無条件降伏の要求と、降伏後の日本領土の処分を決定するものであり、これがポツダム宣言の基礎となった。

昭和十九年九月十六日

駐ソ大使佐藤尚武は、ソ連外相モロトフに特派使節のモスクワ派遣を提議するが、拒否される。

昭和二十年二月四日

米・英・ソ三カ国の首脳がヤルタ（Yalta：ソ連のクリミア半島南部、黒海に面する保養都市）にて会談。ルーズベルト、チャーチル、スターリンが一堂に会し、降伏後のドイツの管理、国際連合の創設などについての協定が結ばれた。しかしそれは、ヤルタ秘密協定でもあった。その内容は、ドイツ降伏後三カ月以内に、ソ連は日本に対して参戦し、南樺太（南サハリン）、千島列島のソ連への帰属、モンゴル人民共和国の現状維持などを決めたのである。

この日本帝国の外交下手に、多くの無垢《むく》の日本国民が死へと追いやられたのである。カイロ宣言、ヤルタ会談、その間の、イタリアの無条件降伏、ドイツの無条件降伏と同盟国が負け戦《いくさ》で降伏しているのをしっかりと認識してもなお、大日本帝国は、戦争遂行決意は不変と声明を発する。おまけに、昭和二十年七月二十八日、二十六日のポツダム宣言に対し、天皇、鈴木貫太郎内閣はこれを黙殺して、戦争邁進をするという談話を発表するのである。

もっと早く、大日本帝国がギブアップしていたら、広島、長崎の民は死ななくてすんだのである。そうしないから多くの母子家庭を生み出し、職業軍人達だけが充分な恩給に浴して何ら不自由のない生活ができていたのである。この日本国は「役人の、役人による、役人の為の政治組織」になっている。この世は、人が人を喰う時代になっている。

朝鮮半島で、台湾で、日本軍に徴兵され、日本軍人として、働かされた者の立場はどうなるのか？　それらの徴兵軍人の子弟を日本政府は、各高校、大学において無償で、寄宿舎、学費を免除して、本国へと教育を身につけさせて、帰すべきである。それだけの負担を日本政府は担ってもよいのである。

慰安婦問題、徴用工問題、そして、朝鮮、台湾で現地徴集して、日本兵として使いながら、朝鮮、台湾の日本兵には何の支給もしていない。敗戦国となっても、日本本土では軍人恩給を支給しながらだ。せめて、彼らの二世、三世の子孫を日本に呼び寄せて、無償で教育を受けさせて、朝鮮、台湾の発展に寄与させる義務を日本国は負っているのである。

第二話　重見俊三のこと

敗戦後の焼け跡闇市の中から湧き出たものに、酔っ払い、掏摸《すり》、強盗、喝上《かつあげ》、恐喝、強姦魔などがある。日本人の暴力集団に輪を掛けたようなチャンやセンジンの所業から買い物客を守らなければならないと、「義を見てせざるは勇無きなり」を自覚したのは的屋《てきや》の衆だった。的屋とヤクザはどう違うのか。ヤクザは、盆茣蓙《ぼんござ》の丁半博打《ちょうはんばくち》で生活をする者のことである。一方、的屋は、ヤクザと同じように体に彫り物を戴《いただ》いてはいるが、それは江戸時代の町火消《まちびけし》からの名残《なごり》であって、判然《はっきり》としているのは、生業《なりわい》を持っていることだろう。神社仏閣の縁日での屋台の出店をして生活している。だから的屋としての誇りを持っている。火消し稼業で火の中へ飛び込んでいく、心意気を持っている。立派な男の生き様である。

敗戦後の殺伐とした焼け跡闇市の青空の下で、人々の口《くち》の端《は》にのぼった流行歌があった。はっきりしたことは、わからないが、引き揚《あ》げてきた旧大日本帝国海軍の兵隊の間で歌われていた歌だといわれている。海軍小唄「ズンドコ節」である。「〽　それ！ズンドコ、ズンドコ」という歌詞の文句の合いの手といおうか、滑らかに誰にも歌われた。

〽　あの娘　いい子だ
こっち　むいて　おくれ
お送りましょうか？
送られましょうか
梅田阪神　地下の街　それ！
トコ　ズンドコ　ズンドコ
トコ　ズンドコ　ズンドコ

その梅田阪神地下の街に、「日本掏摸《すり》専門学校」と呼ばれた特殊技能の専門学校があった。小学生から中学生、高校生といった年代の若者が、一つの塊《かたまり》となった集団だった。自慢じゃないが、皆んな戦争により被災した孤児《みなしご》、戦災孤児達ばかりだった。

親なし、家なし、行く所もなしという身軽な者達だ。そんな時、闇市の女性が歌っていた流行歌があった。

星の流れに　　作詞＝清水みのる
作曲＝利根一郎
歌＝菊地章子

〽星の流れに　身を占って
何処《どこ》をねぐらの　今日の宿
荒《すさ》む心で　いるのじゃないが
泣けて涙も　涸《か》れ果てた
こんな女に誰がした

〽煙草《たばこ》ふかして　口笛ふいて
あてもない夜の　さすらいに
人は見返る　わが身は細る

町の灯影《ほかげ》の　侘《わび》しさよ
こんな女に誰がした

〽
飢《う》えて今頃　妹《いもと》はどこに
一目《ひとめ》逢いたい　お母さん
唇紅《ルージュ》哀しや　唇かめば
闇の夜風も　泣いて吹く
こんな女に誰がした

どんな気持ちで、歌うのか？　勝った、勝ったまた、勝った。大日本帝国の大本営の発表だ。国民は天皇陛下の臣民だと煽《おだ》てられ、大日本帝国は、完敗した敗戦国になったのに、終戦だ。戦いには敗けたけれども精神は敗けていないと出鱈目《でたらめ》ばっかりほざきやがって、何を吐《ぬ》かすか？　こんこん狐《キツネ》。政府の役人は、嘘が多い。大日本帝国が、朝鮮を併合して、朝鮮民族を植民地化しながら、昭和十四年十二月二十六日、朝鮮総督府は、朝鮮人の氏名に関する件を公布する。つまり、日本式「創氏改名」を強制した。

大日本帝国敗戦後、大韓民国の国民、指導者、学者は、何も言わない。沈黙をしているだけ。国民を黙殺するのか？　朝鮮の学者は、何を、何所《どこ》を見ているのか。

朝鮮総督府

一九一〇（明治四十三）年、韓国併合により設置された、大日本帝国の朝鮮支配の為の最高機関。一九二九（昭和四）年六月二十四日、朝鮮疑獄事件起こる。同年十二月二十八日、朝鮮疑獄事件で前朝鮮総督山梨半造、起訴される。一九三一（昭和六）年六月十七日、朝鮮総督に宇垣一成任命される。

韓国併合について

併合などとやさしい言葉を使うが、日本が韓国を領有して植民地としたのである。日露戦争中、第一次日韓協約で、財政・外交の顧問に、日本人を採用させた。次いで、第二次日韓協約で、外交権を掌握して、統監府《とうかんふ》、すなわち朝鮮総督府を設置したのである。一九一〇（明治四十三）年、併合に関する条約を締結して、完全に植民地としたのである。朝鮮民族の人権を無視して犬猫以下に扱った。日本国はひどい国である。

韓国統監府

一九〇五（明治三十八）年、第二次日韓協約に基づいて大日本帝国が、韓国、京城《ソウル》に設置した、朝鮮を支配するための機関。一九一〇（明治四十三）年の韓国併合後、朝鮮総督府に引き継がれた朝鮮民族を虐《しいた》げる為の機関であった。民族の幸福の為のことは何もしなかった。

敗戦前まで、第三国人といって、チャンコロ（中国人）、センジン（鮮人）と馬鹿にしていた結果の仕返しがきたのである。それの最たるものが、柳川組という、暴力団から出発して、関西地方で押しも押されもせぬ立派な八九三《やくざ》という、大集団に発展した者もいた。そのような訳で、的屋の親分衆は、善良な市民や婦女子を守ったのである。警察は糞《クソ》の役にも立たなかった。

梅田阪神地下街の特殊技能学校にも卒業試験があった。縁日や盛り場、神社、仏閣の縁日に出かけて行って、実際に仕事をするのである。誠に申し訳ないが、やはり力の弱い婆さまが狙いやすい。掏《す》った後、逃げやすい。とにかく、素早く逃げることが肝心だから。

縁日や催場へ出かける時、箱（電車）の中でも仕事だ。混んでいる箱を狙う。入口近くの婦人、ズボンの後ろポケットに財布を差し込んでいる若者——。仲間同士の目《め》配《くば》せで中心者がポンと靴の踵《かかと》を蹴《け》って注意を促《うなが》す。蹴られた者は、仕事にかかるの合図を知って、箱がグラッと揺れたタイミングで相手にぶつかる。

「すみませんね。大丈夫ですか？

と、ぶつけた相手の体の部位を撫《な》でて、擦《さす》って、完全に注意を引き寄せて——話している内にまた電車は揺れる。今度も、また、寄りかかって、「すみません」とその場を離れて、隣の車両へ。仕事をした者は、待っていた仲間の口を開けた鞄《かばん》の中へ、あるいは新聞紙の四ツ折の中へと獲物《えもの》を放り込む。

電車が駅に着くと、降りて行く者の後をグループの者がその背後をそれとなく覆《おお》い隠すようにして、ホームから改札口へと進んで行く。これは綺麗で美しいチームプレーだ。掏った獲物は、形のあるものは棄《す》てなければならない。中身の現金だけを頂くのだ。それは道々、歩きながらではできない。茶店《サテン》に入って、そこのトイレで、中身を調べて処分する。当時はまだボットン便所だった。だから新聞紙に包《くる》んで捨てても誰にもわからないし、気に止める者などいないのだ。

しかし、この大阪で、只《ただ》一人、このボットン便所に目を付けた御人《ごじん》がいた。名うての癖者《くせもの》である。目ぼしい茶店の露地裏に、古くなった、継ぎ足しのできる竿を要領よく隠しておいて、掏摸の犯人と覚《おぼ》しき者の面《めん》を探り出すのだ。

敗戦後、西日本一帯の掏摸の取り締まりの管轄を受け持った刑事《デカ》がいた。俗にいえば「掏摸の神様」である。だが、掏摸の側《がわ》から見れば、「鬼刑事」だ。犬といえる刑事はこの御人だけだ。省線《しょうせん》をはじめ乗り物の駅近くの茶店を目印にしたのは、大阪府警、捜査三課に所属する重見俊三《しげみしゅんぞう》であった。最終には任警視であったが、掏摸集団に恐れられて活躍していた頃の肩書は、まだ警部だった。何を隠そう筆者、西丘聖《きよ》晴《はる》の義父である。陰になり日向になって、私、聖晴を終生守り続けてくれたのである。

その義父の跡を継いで刑事になりたかったのであるが、体の一部に出来物《できもの》があって、また、それ以上に、六十年安保の嵐の中で、闘い続けた敗残兵《はいざんへい》でもあったので、日本国という社会機構から締め出されたのである。それも我が定めと諦めた。今思えば、京都人のような、面従後言《めんじゅうこうげん》、面従腹背《めんじゅうふくはい》の警察署という組織機構に入らなくてかえって良かったかも知れないのだ。義父も敢《あ》えて口出しをせずに、私の行く末を見守ってくれた。父よありがとうと言いたい。そして多くの人には、警部・重見俊三という名を記憶に留めて欲しいのである。

重見警部は、仕事の合間を見つけては、西日本の各県の捜査三課の猛者《もさ》に掏摸の現行犯逮捕の仕方を懇切丁寧《こんせつていねい》に指導することが多かった。結果、多くの警察官が掏摸捜査専従班として育っていった。

　この掏摸捜査班出身の警察官は、退職しても再就職には困らなかった。彼らは百貨店やスーパーマーケットの万引防止や掏摸の現行犯逮捕に素晴らしい業務成績を上げたのである。店としては大助かりだった。掏摸や窃盗、万引集団の間で、「あの店はあかん、凄い奴がおるで、あの店には、近よらん方がいい」と噂になり、警戒されたからだ。

　重見警部はしかし、現行犯逮捕の本当の〝極意〟は助手達には伝授しなかった。それは保身の為である。給料の安い若手に万引逮捕の〝極意〟を教えて免許皆伝《めんきょかいでん》してしまうと、高給取りである自分は、御払箱《おはらいばこ》になってしまう。自分の働き口は大切にしておかないと、職を失うことになるのだ。そのあたりが、公務員時代と民間企業との働き方の違いだった。

　しかし世の為、人の為と、その要領は教えてくれた。そこには、わしを越えることができたらええ。いつでも、わしを越えてみなと、口には出さないが、そんな心意《こころい》気《き》が感じられた。重見警部の身体からは、霊的なエネルギーが発散されていた。

　掏摸や万引、窃盗をしようとする者は、店の入口に立って、店内を見わたして、天井に掛けられている防犯用の鏡を見て、店内の死角になる場所を探して、確認の為、店内を徘徊する。

防犯用の鏡が設置されているといっても、必ず一つや二つの死角があるものだ。その死角を心得たように、中年の婦人、中学、高校生等が他の売り場から来て、その死角に入ると、絶対に怪しいのだ。その死角の場所に入ってしゃがんで、靴紐《くつひも》をなおす振りをして、持参した自分用の鞄《かばん》を持っていたら、なおさらのことである。その掏摸や万引の窃盗犯は、最低でも二人組だ。中学校、高校生などは、二〜三人、あるいは四〜五人とグループを組んでいる。中年の婦人は、大きい袋を持参している傾向があった。

各県の捜査三課の猛者達は、警察官の中でも比較的恵まれていたといえよう。他部署の警察官であれば、下手《へた》を打つと飛ばされて、交通整理の赤色灯振りで終わることも少なくなかったのである。

今日もまた　赤色灯を持ちて　佇みぬ
頬《ほお》さす風を　家族は知らず　（西岡 美代子）

警部・重見俊三は、わしから習った者は、わしを踏み台にして、人間として大きくなれと、激励した。大阪府警に、重見俊三ありとして、産経新聞社より、近畿警察官賞を授与され、皇居宮殿において、天皇陛下より直々に御言葉を頂戴して、長年の苦労を労われたのである。敗戦後の初の婦人警官の妻にも感謝。

また、掏摸の仲間内では、重見警部の似顔絵がもてはやされて、手札型が一枚数千円也で売買されていた。十日戎《とおかえびす》のある大国町《だいこくちょう》で捕まえた掏摸の持ち物検査をした時に、その背広の内ポケットから、手札型の重見俊三の似顔絵が出てきて、そこに居合わせた警察官や刑事は、喫驚《ビックリ》したという。

「へえ！　重見さんの似顔絵を掏摸が持っている。オドロ木、桃の木、山椒《さんしょう》の木だ」と境内のテント村では、その話で持ち切りだった。じゃあ、いったい誰が？　その掏摸の仲間に絵描きがいて露店を開いており、一枚いくらで似顔絵を描いている。

重見警部はピンときた。わしの似顔絵を描いたのは、その阿部信行に違いない。重見警部は天王寺の天下茶屋駅から阿部の寝座《ねぐら》のある飛田《とびた》の方へ向かった。万歳芸人の多い長屋の一角である。一人者だ。仕事が仕事だけに、飛田で事を済ませばいいことだ。阿部信行に是非ともひとこと言ってやらねばならぬ。

「この警部・重見俊三の顔をよく見て、もっと綺麗に描いてくれ」と。

重見警部は酒の一升瓶を下げて阿部の寝座《ねぐら》を訪ねた。道幅二間程の向かい長屋の奥に、阿部信行はひっそりと住んでいた。

「こちらは、絵描きの阿部さんのお宅でしょうか？」

「そうですが、どちらさんで？」

「御神酒《おみき》が好きだということを聞いて、持って参りました。鯣《スルメ》を持参しました」

「へえ、私《ワテ》のことをどこで、お聞きに？」

「それが、大国町《だいこくちょう》の神社の境内で、十日戎の縁日で知り合った、山本真砂子さんに昵懇《じっこん》にしてもらったんです。お茶をしていたら、知り合いに絵描きさんがいるということで、教えてもらいました。突然の訪問で申し訳ありません。色紙に二枚程、お願いできませんか？」

「そうか！　真砂子の知り合いですか？　それやったら、描かしてもらいまっさ。その前に、ちょっと、すみませんな、一杯ひっかけて、喉《のど》を潤《うるお》しまっさ。御神酒の名前はほら！〈剣菱《けんびし》〉。この剣菱は兵庫の伊丹に産する酒の銘柄ですわ。江戸時代は、将軍様の御膳酒にもなったと聞いちょります」

阿部は軽く押し戴くようにして、茶碗で一杯飲み干した。

「こんなん、言うたらあかんけど、あんたから、貰いながら、威張《えらそう》に言うけど、あんたはんも一杯、どうどす。おいしいわ、えも言われんわ」

「いいえ、わたしは、下戸《げこ》でして、飲めまへん。わたしにかまわず、絵の方を頼んます」

と、笑顔で言った。


神戸から別府への関西汽船の別府航路には、比較的多くの掏摸、万引が横行していた。神出鬼没だ。船長も顔馴染みの重見警部が乗船してくれていると思うと、少しは気が楽だった。二等客室の転寝《ごろね》の大広間、風呂場の脱衣場と、掏摸や万引は、仲間同士、馬九連絡《うまくれんらく》して、見事な早業で仕事をこなす。現金だけを取り扱い、入れ物は海へと投げ捨ててしまう。寝ている振りをして現場を取り押さえる重見警部の手腕は、神業《かみわざ》に近いものがあった。捕まった者は皆舌を巻いて、

「重見さんに押さえられたら、もうあかん！」

と観念し、感心すること頻《しき》りであった。そして仲間に対しては、

「シゲさんに、挙《あ》げられた」

と言って憚《はばか》らなかった。重見警部に逮捕されたことを仲間内に喧伝して、だから自分は大物の掏摸だ、これで箔《ハク》が附いたと大威張《おおいばり》だ。

そのような者に対して警部・重見俊三は、

「阿呆《アホ》ぬかせ、弱い者からくすねて、どこがええねん。仕様《しよう》もない奴っちゃ、せやけどなあ、ええ加減にして、目を醒《さ》ませ。そして、足、洗えや！　悪いこと言わん」と優しく諭《さと》すが、当の本人は、殆《ほとん》ど病気だ。それ故に、スパッと親指と人差し指を切り落とさないと駄目だ。生涯治ることはない。その点は、他の宗教が唱える「目には目を、歯には歯を」である。

これは、同害報復というラテン語のタリオ（talio）で、刑罰は、犯罪に対する応報であるとする考え方に基づくもので、同害刑、同害報復刑とも言う。旧約聖書の表現で特に有名である。

梅田を拠点として、国鉄省線、市内の地下鉄。季節ごとのお祭り、町内の神社での夜店その他催場が、掏摸仲間の職場となっている。重見警部は、数多くのスリ達の現場を押さえて検挙したが、刑期を終えて、出所してきたスリは覚えていて、就職の世話もした。

別荘（掏摸仲間達の刑務所の隠語）では、内職の作業をする。少しだが、別荘を出て普通の生活に戻る為の資金の足しにするのだ。それでも、全く身寄りがないとなると西成の愛隣館の仕事の斡旋を受けて、ニコヨンの仕事にありつく。うまく仕事に就ければいいが、天気に左右されて不安定だ。

ニコヨンとは「二五四《ニコヨン》」の意味。昭和二十年代の半ばに、失業対策事業に就労して、職業安定所からもらう日給が二百五拾四圓也だったところから、日雇労働者の俗称でもある。

仕事に出ない時は、城東区に行く。省線「京橋駅」の東側にある、蒲生《がもう》四丁目に日本赤十字社の血液買取りセンターがあって、それと覚《おぼ》しき身窄《みすぼ》らしい身形《みなり》の労働者が列《なら》んでいた。我が身の血を売って庶民は生活していた。

特定の社会、集団内でだけに通用する特殊な語や言葉である隠語には、「別荘（刑務所）」だけでなく、さまざまなものがあった。「たたき（強盗）」、「さつ（警察）」、「もく（煙草）」、「ハジキ（拳銃）」、「わっぱ（手錠）」、「サンカク（男女間の三角関係）」、「五六四《コロシ》（殺人）」、「ドンブリ（親子《おやこ》丼《どんぶり》＝父娘《おやこ》相姦）」、「ハコ（電車の車輌）」、「イヌ（刑事）」、「デカ（刑事）」――このように、集団内の言語や言葉が流行って使用される。それらの言葉が分らなければ、その集団の門外漢《もんがいかん》というわけだ。

刑務所での内職代金を使い果たした時が最も危険な時で、要注意だった。誰からも相手にされず、所持金もまったく無いとなれば、「元の木阿弥《もくあみ》」で昔取った杵柄《きねづか》と務《む》所《しょ》のことを忘れて仕事をしてしまう。その味を覚えたら、もういけません。後は、重見さんのお世話になるばかり……。

私は思うのですが、この義父の名前の素晴しさである。刑事として、最高の名前だと感心している。重ねて見る。一度見ただけで終わらない。もう一度と重ねて見ての確証だった。

夕方の勤め帰りの人々で混み合う省線電車。敗戦後は、今の大阪環状線はまだできていなかった。天王寺駅と大阪、桜島と往復の対向復線だった。大阪から天王寺へ、天王寺から和歌山方面へ、あるいは、京橋から京阪線に乗り替えて、伊賀上野、名張方面へと人々は帰宅する。この国鉄省線内は、特に要注意である。電車の出入口付近、電車が駅に停まると、掏摸は、鞄の中、ズボンの御尻のポケット、背広の内ポケットなど、あらゆる場所から財布を拝借して下車して行く。この時の極意は、何も知らないという感じで平然と静かに歩くことである。下車したとたん、まるで慌て兎《うさぎ》、脱兎《だっと》の如くプラットホームを走っては駄目である。走れば周囲の人間の、「なんや?」「どうしたん?」「何があったん?」という注意を喚起することになる。この掏摸という稼業は、平然としていて人にその気配を感じさせてはいけないのである。

そんな時である。一カ月前に出所してきた掏摸の仲間の一人、それも女掏摸の番長、相川真由美《あいかわまゆみ》がいた。美人である。夕暮れの省線電車の入口近く、和服の老女の背後に寄りそって立っていた。しかし真由美の背後には、掏摸逮捕の神様〝シゲ大明神〟がそっと音もなく近寄っていく。真由美はシゲ様が来ていることに気付かなかった。真由美の右手がそぉっと伸びて、前の婦人のバッグの留金を外そうとした。一瞬、電車がぐらっと大きく揺れて乗客同士ぶつかり合ったが、警部・重見俊三の左手が真由美の手をぐっと掴んで放さなかった。真由美はぎくりとして、首を右後にねじり、背後の重見の顔を見て驚き、真っ青になっていった。掏摸捜査専従の鬼刑事、重見がそこに居た。

重見警部は、無言で瞳配《めくば》せで真由美に合図をした。そして静かに独り言のように低い声で呟いた。

「お帰り、お務め五九六三《ごくろうさん》でした」

「…………」

「久し振りやのお！　元気やったかいね？」

「…………」

「まあ、次で降りよう」

重見警部と掏摸の真由美は、天満駅で二人揃って降りた。

近くにいた掏摸の仲間達は、女番長が重見大明神と一緒に降りたのを見て驚き、緊張の眼差《まなざ》しで合図し合って、さっと他の車輛に移動して行った。夕刻の省線の箱は、ちょっとした、パント・マイム（pantomime＝言葉を使わず、身ぶりや表情で表現する演劇。無言劇）の劇場となった。

駅に降りると、車内の人熅《ひといきれ》の熱気から解放されて、夕闇の冷《ひ》んやりした風が頰《ほお》を掠《かす》めた。重見警部は相川真由美に優しく言った。

「空を見上げて見《み》！　きれいな空やで……」

二人して暫し空を見上げた。

夕焼けの空は明るくて美しい。雲は流れて、家路を急ぐ鳥は番《つがい》で、今日一日の出来事を語り合いながら、雛鳥《ひなどり》たちの待つ寝座《ねぐら》を目指して飛んで行く。

ホームを歩きながら、真由美は重見警部を見ながら照れくさそうに、

「すんません。つい、その気になって」

と声を出した。

すると重見俊三は、

「そうやろ!!　二、三日前やけど、君が出所したと連絡が入ったんや。今度こそ、真人間になってもらおうと、わしは心に決めたんや、何がなんでも、なんとしても立ち

直ってもらいたい。御天道様《おてんとうさま》の下を堂々と歩いて、素晴らしい人生をおくって欲しいんや」

「…………」

「前も、ここの省線やった。だからここで網《あみ》を張ってたんや、わしで良かった」

スリ番の真由美には父の声のように染《し》み沁《じ》みと聞こえた。

「へぇ～、そうですか？　知らんかった。今日のこと、目を瞑《つむ》ってくれはりますの？　ありがとうございます。明神さんがわての後ろに、そっと忍んできてるなんて、全然気付かなんだわ、わても年やな～」

年貢の納め時だ。人生において、ふっと、転機が訪れる時がある。運命を変える時だ。人はそれを気付かないで通り過ぎてゆく。

重見は苦笑しながら、

「そうや、年やで、早よお気がついて良かった。これからなあ～、わしの拝んでる素晴しい神様の神社へ行こう。霊験《れいけん》アラタカな神さんやで、凄いんやで。今日、君は真《ま》人間《にんげん》になれる。いや、真人間になると決意するんや。決めてかかるんや！　そーしたらもう、君は真人間や。間違いない」

重見警部の言葉の端々《はしばし》には、熱の籠《こも》った言葉の確信があった。相川真由美にとっては、今の重見は自分の亡き父親のように思えた。在日渡来人という、区別・差別の中で孤児として育ってきた者には、重見の言葉はありがたかった。

二人揃って歩く姿は、平凡な普通の家庭の親子の姿だった。掏摸の仲間達は、「スケ番がシゲさんに引っ張られた」と無言で話し合った。シゲ明神さんがいるということは、この箱は危ない。「京橋、天王寺で流れ解散や」と、各自、和歌山、奈良、天王寺、阿倍野、飛田などの寝座へと転出《てんで》ばらばらに散っていった。掏摸仲間達は、スケ番の真由美が重見警部に目溢《めこぼ》ししてもらったことなど知る由もなかった。知らぬが仏だった。

省線、天満橋駅を出て、白駒という寿司屋へ向かって歩いていると、後ろ姿は仲の良い親子連れの姿そのものだ。警部・重見俊三も、家に帰れば娘が三人もいる女所帯で、家内を入れると女性四人に囲まれ、口煩《くちうるさ》いのに閉口したものだ。そんな環境なので、なおのこと、この相川真由美には、ぜひとも立ち直って、真人間になって、堂々と御天道様の下を歩いて欲しいのだ。

国鉄、省線の天満駅を降りて改札口を出ると、目の前は日本一長い商店街である。天満の天神さん、大阪天満宮を起点にした「天神橋筋商店街」が連なっている。商店街は一丁目から八丁目までで、九丁目、十丁目と進んで行けば、大淀区の果て、淀川の土堤《どて》に突き当たってしまう。

中でも、天神橋筋六丁目は、呼び名を略して「天六《てんろく》」という。この天六の交叉点界隈《かいわい》が一番賑やかで人通りが多い場所である。交叉点には地下鉄への入口の階段があって、仕事をして、地下へ逃げ込んでしまうことができる。また、交叉点の西北隅には五階建ての百貨店があった。五階は誤解に通じるものがあった。正規の阪急百貨店や阪神百貨店と違って、五階百貨店は、非正規商品だらけだった。資源再生品、盗品といったややこしい物品が、商品としてシャキィーンとして販売されているのだ。

極端な例え話だけれど、とある家の玄関から、高下駄の片方が無くなった場合、天六の五階へ行けば、五階百貨店のパチ物コーナーを見廻ると、高下駄の片方が堂々と商品群の中に鎮座しているのである。

天神橋筋商店街の特徴は、店前にぶらさげられている商品の数々には、きちんと値札がつけられていることだ。さあ！　この値札が曲者なのである。各商品の値札は仮のものと思っていいのである。この商店街では、定価の半額が通常の商品の値段なのだ。安いと思っても慌《あわ》てることはない。同じ商品を売る店が他にも多くさんあるので、商店街をまずぶらついて、値段調べをするのである。品物の値段は、千差万別である。また、なんというか？　旨《うま》い具合に、各店は、本屋、衣料洋品店、履物店、自転車屋、額縁屋、魚屋、八百屋、肉屋、傘屋、力餅、更科店、王将、ココ一番、ラーメン屋、銀行、スエヒロ店、酒屋等それらの店が隣り合わせに、ひっつくこともなく、商店街を形成している。美しい、きれいな商店街で、ぶらつくのにはもってこいの場所だ。近頃は、だんだんと、異国の商人が入ってきている。沖縄、台湾、韓国、中国、ベトナム等々、国際化してきている。フィリピンもそうだし、インド、ネパールの食堂もできている。

ふっと、こんな考えが浮かんだ。

「商店と商会の違いは何か、思うところを記せ」という命題である、自問自答する。この天神橋筋商店街では、間口が三、四間程の小店がざらである。商店と商会は、明らかに商売の仕方に違いがあるのだ。だから商店街と名付けられている。昼間は一階部分を店として商いをしているが、夕方、夜になると、一階を店仕舞《みせじま》いして、二階で日常生活をしているのである。

例えば豆腐屋さんなどには、夜、店が閉まっていても、「お豆腐下さい、お揚げ下さい」と客がわざわざ戸を叩いて買い物に来る。それに引き替え、商会の方はどうであるか？　商会の方は、商店と同じように、ここで、昼間は商売をしているが、夕方になると店を閉めて、郊外の自分の家へと帰って行く。

【本日は閉店しました。御用の方は、明日、朝九時に店を開けますので、よろしくお願いします。店主敬白】と張り紙をして帰宅しているのである。つまり、店先の一階部分を借用しているだけです——という意味合いを告げているのである。

この商店街の特徴は、店の言い値で品物を買《こう》てはあかんということだ。とにかく値切り倒すのだ。いい品物を安く買う。心臓に毛が生えていないと生きてはいけない社会でもある。だから店によっては、【他店より何割引きします。売り値を言って下さい】と張り紙をしている店もある。

そんな商店街を、重見と真由美が歩いていると、顔なじみの商店主が、

「いよー！　御両人、御結婚おめでとう」

と声掛けをして、冷やかしてくる。すると父親役の重見は、歯を見せて笑いながら、口パクで、その店の御主人《ごしゅじん》に向かって、

「阿呆！　アホヌカセ！　何言うてんねん！　オレの娘じゃ、心配すんな」

と、言い返しているが、お互い、瞳《め》は笑っている。店の主人も、この夕方の時間帯は重見警部の食事時間で、寿司屋の「白駒」へ行くのを知っている。「白駒」は、重見警部の贔屓《ひいき》の店だ。立派な体格の店長、福島洸一は自衛隊出身だ。自衛隊出身とい

っても、高校卒業後に入隊して、六年程務めて除隊した。そして今は、予備自衛官の登録をして、毎年、十日間基礎訓練を受け続けている。責任感の強い青年だ。

「白駒」の店長福島洸一は、母一人子一人の母子家庭で育った。木川小学校、本庄中学校、大阪商業高等学校と学んできた。中学、高校の六年間、体育の時間で、柔道、剣道をみっちり学んで、どちらも初段の認定を受けている。高三の時に、この天神橋筋商店街を歩いている時、一人の背広を着た男性に呼び止められた。

彼は募集担当の自衛官で、三尉《さんい》の川田力之助といった。自衛官の制服ではなく背広を着用をしている。

「ここが、私の事務所です。ちょっと入って、自衛隊の説明をしますから。入って下さい、さあ、どうぞ！」

大阪商業高校三年生で、就活中だった福島洸一は、

「はあ……」と会釈しながら、事務所の中へ入った。

「今日は何か用事で、こられたのですか？」

「ちょっと、文具用品を買いにきたところです」

「そうですか？　お住まいは？」

「僕は吹田市に住んでいます」

「体格が立派なので、高校三年生には見えませんね、スポーツは何をしていたのですか？」

「僕は、柔道と剣道をしていました」

「何級でした？」

「いえ、級ではなく、柔道も剣道も初段、黒帯です」

三尉自衛官の川田力之助は、冷蔵庫から出した冷えた飲み物をコップに注ぎながら、

「ほう、黒帯ですか？」と感心し、福島洸一に飲み物を勧めた。そして、母子家庭であること、早く親孝行をして母親を楽にさせたいと願っていることを聞き出した。さらに、自衛隊への勧誘は決して強請でないことを説明し、入隊するにおよんでは、パンツ一丁だけで済むこと、他は全て国からの官給品で済むので何の心配もいらないこと、入隊すれば隊内で大型自動車の運転免許が取得できること、海上自衛隊であれば小型船舶の免許が取得できることなど、自衛隊入隊の利点や魅力などを熱を込めて話した。そして最後に、就職活動のひとつに、自衛隊も素晴らしいものがあることを記憶にとどめて欲しいと言った。

川田三尉の言葉には、父が子に諭《さと》すような温《あたた》かい真心《まごころ》のようなものがあるのを福島洸一は感じた。そして、今日のところはと、自衛隊の案内書や願書《がんしょ》の入った封筒を

いただいた。それからは月一の割合で、自衛隊の広報紙が届くようになった。川田三尉は、事務所でいろいろな催し物を計画しては、福島洸一を自衛隊の見学会に誘ってくれた。いつぞやも、自衛隊の大型バスで、実はこれは他の町内の催しなのだけれど、琵琶湖の近くの饗庭《あえば》の陸上自衛隊の基地を見学した。そこでは、戦車の砲身の先にボールペンをくくりつけ、砲身を動かして平仮名を書いて見せるなど、見学者をさまざまなことをして驚かせていた。

そして翌年、きちんと大阪商業高校を卒業した福島洸一は、舞鶴の海上自衛隊に入隊して基礎訓練を受けた。基礎訓練が終了すると、広島の呉から江田島の兵学校で過ごして、自衛艦で三年程勤務した。福島洸一の成績は優秀だった。募集事務所の川田三尉は、喜びを隠せなかった。我が事のように、喜んでいた。

福島洸一には、海上自衛隊でのこんな逸話があった。

自衛隊での基礎訓練が進んでくると、必ず行われるある訓練がある。それは駆逐艦に乗って海上を航行している時、その駆逐艦の下を潜水艦が横切るように航行するのだが、その潜水艦が駆逐艦の真下をすり抜けた正確な時間を当てよというものであった。その訓練は何度も繰り返された。そして福島洸一だけは、いつもぴたりと、擦れ違った時刻を当てたのである。

「只今、〇〇時〇〇分、潜水艦は今通過いたしました」

と、福島洸一は、それはそれは見事に言い当てるのである。訓練する上官も形《かた》なしだった。「上官交代せよ」と陰口が囁《ささや》かれる始末だった。

「何んで分かったん？」

と同僚に聞かれた福島洸一は、

「何んで言うたかて、坐っている座席に微かに振動があって尻で分かるんや」

と、皆に教えてあげた。すると同僚たちは、

「へえ、そりゃ尻《しり》ませんでした」

と、大笑いになった。

「これからは、尻《しり》ませんとは、言えないね」

と何度も全員、潜水艦通過時点の訓練を受けたのである。

海上自衛隊に入って小型船舶の免許を取得しても、福島洸一には何かこう、隠然《いんぜん》としたものがあった。キャリア（career　経歴）、ノン・キャリア（non＋career　1種試験の合格者でない公務員の俗称、ノンキャリ）の学歴社会が純然《じゅんぜん》と存在していることを実感し、身につまされたからだ。それで満期円満除隊して、その退職金でもって、東京都八王子市にある創価大学法学部を通信教育で卒業した。必死になって四年間で

法学部を卒業したのだ。アルバイト（Arbeit〈独〉学業のかたわら、収入を得るための仕事をすること）をしながらの四年間、意志の強い青年だ。そのアルバイトというのは、自衛隊を除隊する時に、自衛隊の人事部がこれからの生活を心配してくれて、親切に世話をしてくれたものだった。

人事部には民間の会社からの求人票がたくさんきていて、除隊するとなると、人事部がいろいろと再就職の世話をしてくれる。福島洸一のこれからの人生の希望を聞いた人事部は、彼の勤務態度や性格から判断し、求人票の中から、中小企業の電気工事会社を斡旋《あっせん》してくれた。板倉電気工事株式会社といい、会社の役員と副社長が広島の呉の戦艦大和の記念館まで足を運んでくれた。隊の食堂で昼食を共にしながら、和気藹藹《あいあい》の内に話が弾《はず》み、その場で就職の内定が即決された。世話をした人事部の役員も、ほっと胸を撫で下ろした。近江商人の心意気だった。「君よし、我よし、全てよし」だったのである。

板倉電気工事は大阪市内にあった。福島の自宅からは便利な通勤距離だ。四月、出社して愕《おどろ》いたのは、社員即ち電気工事士の三分の二が、自衛隊出身者という事実だった。その謎はすぐに解《と》けた。それは、社長自身も自衛隊で苦労した人物だったのである。そして、自衛隊の卒業生の受け皿になったのである。

社員は人財である――というのが板倉社長の考えだった。社員を雇うということは、社員の家族全員を雇うことなのである。人は材料ではなく、財《たから》なのだ。徒《あだ》や疎《おろそ》かに扱えないのだ、と言う。

先輩達は自分の体験を踏まえて、親切丁寧《ていねい》に、しっかりと教えてくれた。電気工事、手抜き仕事は御法度《ごはっと》だ。時間をかけてでもきちっと仕事をやる。正確さが求められる。最初のうちは各先輩について、工事現場で補助の仕事である。上にいる先輩の指示に従い、下に置いてある道具箱から必要な道具を取り出して頭上の先輩に放り上げてやるのだ。この上下の関係は、なかなか難しい。息が合うというのか、ツーカーの仲でないと仕事はできないのだ。常時《いつ》もにこにこ笑って現金。平常心是道《へいじょうしんこれみち》なのだ。

半年も先輩についていると、先輩の性格や癖《くせ》が分かり、また、仕事の要領が理解できた。その間、二級電気工事士の問題集を取り寄せて家で勉強し、二級電気工事士の免許を取得することができた。それでも、まだ先輩について見習って、教えを乞わなければならなかったのである。

「辛抱《しんぼう》は金儲《かねもう》け。短気は損気《そんき》。人生！　我慢《がまん》、我慢だ」

と、毎日、楽しく勤務に励んでいた。

そんな中、福島洸一に転職の転機があった。人の世とはわからないものである。

板倉電気の会社の近くで、社員の皆んなもよく利用する大淀食堂の主人が、人間ドックでしばらく検査入院することになったのだ。人間ドックは、船の船体点検のドック入りになぞらえたものだが、一週間程で簡単に退院してくるものと思われ、訪れる客達もそのように考えていた。

しかし、たとえ一週間でも休まれるのは、板倉電気工事では痛手を受ける。そこで板倉社長が無理を言って昼食用の弁当を作ってもらうことを考えた。昼食に合わせて手隙《てす》きの者が各社員に弁当を配達するのである。できるだけ温かい弁当を食べてもらおうという社長なりの配慮であった。職人は材料ではない。家庭を支え家族を養う大切な人財なのだ。その人財が会社を大きく発展させてくれるのだ。しかし、主人不在の大淀食堂が果たして受けてくれるのか……。

「うーん！　困ったな」

と、社長がと思わず独り言を洩らしたところに、福島洸一はたまたま居合わせた。すると福島は突然立ち上がり、社長の机の前に進んだ。社長は驚いた顔で福島洸一を見ながら尋ねた。

「どうした福島君、何か？」

すると福島は、

「はあ、私、自衛隊で賄いの経験があります。食堂の御主人が戻られるまで、私を大淀食堂に出向させて下さい。自信があります」

と、社長に申告したのだ。板倉社長からは、おもわず笑顔が翻《こぼ》れた。経験の浅い、福島洸一のこの提案は、いい考えだと思ったからだ。そして秘書の岩崎真希に、早速、大淀食堂へ連絡を入れさせ、福島洸一がこれから訪問することを、食堂の奥さんの海《かい》方子《まさこ》に告げたのである。

　電話を受けた、方子は、何事かと気をもんだが、板倉社長、秘書の岩崎、社員の福島とも顔馴染みだったので提案を聞くことにした。

「海さん、この度は、大変ですな。一刻も早くよくなって欲しいものです。そこでしばらく、店を閉めるということを聞きまして、こちら新入社員の福島洸一君というのですが、福島君は海上自衛隊出身で、隊で賄いの経験があるので、ぜひとも大淀食堂へ出向させて欲しいと申し入れがありましてね。入院の御主人を抱えて大変でしょうが、福島君をぜひとも使ってやって欲しのです。いかがですかな？」

　すると方子は、

「そう言ってもらえば、私としては大変ありがたいです。私ひとりで食堂をきりもりするのは無理なので、途方に暮れていたところです。お手伝いしていただけたら助かります。よろしくお願いします」

板倉社長は、食堂の商品名の書かれた短冊を見ながら、

「福島君、こんなに御品書《おしなが》きが多いが、君、この品書き全部作れるか？　心配やな、大丈夫かいな」

と岩崎真希の顔を見た。秘書の真希の顔にも心配そうな表情が浮かんでいる。すると福島洸一は、にんまりとした笑顔を皆んなに向けた。

「社長、奥さん、この御品書きは、御主人が元気になって店に帰ってくるまで目を瞑《つぶ》って下さい。自衛隊では、現地調達、その場にある物で賄いを行うのです。私は、この御主人のように、この品書き全部の料理を作ることはできません。私の作戦を発表します。この大淀食堂に来る人達は、職人さん、工員さんといった若者が多いです。それに女子社員の人達。そこで、一週間、一日一品主義にするのです。そうすることによって、御品書にある全料理用の材料を購入することもないのです。一週間の献立表案。それは、こうです。

大淀食堂　一週間の献立表

【月曜日】カレーライス、生野菜のサラダ（小鉢）

※福神漬、辣韮《らっきょう》、卵は笊籠《ざるかご》に盛ってお代わり自由とする
【火曜日】親子丼、味噌汁、沢庵《たくわん》、サラダ小鉢
【水曜日】オムライス、オニオン（onion）スープ、サラダ小鉢
【木曜日】焼きソバ、卵スープ、一口餃子（五ヶ入り）、サラダ小鉢
【金曜日】焼肉定食、卵スープ、サラダ小鉢
【土曜日】焼飯定食、卵スープ、サラダ小鉢
【日曜日】缶詰定食、味噌汁、サラダ小鉢
※缶詰は鯖缶、秋刀魚缶の内一缶選んでもらう

「日替定食の毎日ですが、スープ、味噌汁や御飯はお代わり自由で、珈琲は各自自由に飲んでもらいます。各テーブルには、氷水のポットを置いておきます。社長、いかがでしょうか？」

「うーん、僕はいいと思うな。奥さん、この献立でやってみましょう。とにかく、あれこれ思っているより、やってみることだ。それで一番の問題は、昼食の値段です。五百円は欲しいところですけど、お客様の懐《ふところ》具合《ぐあい》を考えると、日替わりランチ一食四百円也でいかがですか？　最初はお客も少ないかも知れませんが、大淀食堂は安い

珈琲付きやでと口コミをしてくれると思う。福島君、君一人に頼んで悪いが頑張ってくれよ。奥様を助けてあげて‼」

食堂の経営なんかしたことがない福島洸一だったが、なんとかなるやろと気楽に考えた。「山よりでっかい獣《しし》は無い」のだ。

自衛隊の演習では、蛸壺《たこつぼ》の中などで一人野営をして、大雑把《おおざっぱ》な料理をして食事とするのであるが、その経験が今、役に立っていることに福島洸一は不思議を覚えた。人生無駄がない。つまり偶然というものがないのである。あるのは必然だ。電気工事士として工事に携わることも大切な仕事であるが、この大淀食堂への出向は、また違う人生を示してくれているのだ。与えられた今を懸命《けんめい》に生きるのだ。

大淀食堂の主人は、気のいい、やさしい御主人だ。ゆっくりと、店のことは心配せずに病気療養をしてもらいたい。店の厨房に入ると、昔の苦労が思い出されて、自分なりによく考えてみると、電気工事の仕事よりも、食堂の料理長の方が性に合っているように思われた。それで店は休むこともなく、昼のランチを提供することになった。

何も知らずやって来た客は、一日一品主義の店の方針に驚いていた。

「えぇー、どしたん？　まあ、せっかく来たんやから、まあ、期待外れやけど食べて帰るわ」

そんなことを言いながら、テーブルのコップを取り上げて、氷水を自分で注いだ。カレーライスの日は、卵を二個カレーに載せて食べている。珈琲はブラックを主として、砂糖、ミルクは、側に置いてあるので「どうぞ」である。

電気工事で埃《ほこり》だらけの天井を這い廻って年下の先輩に偉らそうに命令されて顎《あご》で扱《こ》き使われるよりも、自分のアイデアが生かせる食堂の方が、性に合っていると考えた。そして、店の主人の病気が治って帰られても、食堂を手伝わせてもらおうと思った。

福島は朝八時に一旦《いったん》板倉電気工事に行き、タイム・カードに出社時間を印字してから大淀食堂に向かい、十時開店までの間下拵《したごしら》えをする。一日一品主義だから、その日のサービス品を笊籠に盛って用意する。味噌汁やスープは大鍋で作って、お代わり自由に備えた。珈琲用として、店の入口付近に紙コップを用意した。そして食器を洗う手間をできるだけ省略することにした。

昼の営業は、朝十時から午後二時過ぎまで。それが終わると海夫人は、御主人の入院している神戸《かんべ》病院へと向かう。一日一品主義は、当初考えていた時よりも案外売上げがあって、今までの多品種の壁に貼り出された品書きはなんだったのだろうと、苦笑せずにはいられない。ご主人には安心してもらい、療養に専念してもらった。

食堂の主人海洋空《かいようくう》は、内心、「俺は今まで何をしてきたのだろう？」と考えずにはおられなかった。その海洋空に奇跡が起きた。笑い話である。

方子夫人の友人で、保険屋の畑中さつきという女性がいた。以前、洋空さんの留守に畑中が、

「方子さん、助けて。今月末の〆日で、成績が一件足らんねん。迷惑かけへんから、ご主人の名前だけ貸して」

と、頼み込んできたことがあったのだ。保険会社は営業部員にノルマを課していた。ノルマはロシア語（norma）で規範、規準の意味。第二次大戦後に、シベリア（Siberia「西比利亜《シベリア》」）で抑留されていた者が伝えた言葉である。

保険会社ほど人を人と思わない会社はない。それとなく臨時アルバイトとして社に呼んで、その間はそれなりに優遇して、二、三カ月後に入社すると急に対応が変わるのである。支社へは本社から給与手当が送金されてくるのだが、それは支社長の管理とされている。社内の壁に氏名を張り出して、棒グラフで成績を張り出すのである。一件でも成約すると朝礼で、「○○さん、成約されました。皆さん拍手」と発表され、各自も「○○さん、お目出とうございます」と称《と》える。こんな風に煽《おだ》てられると、不思議と嬉しいものなのである。まず、家族を説き伏せて保険に入れる。家族が終われ

ば、親戚に無理を言って保険に加入してもらう。家族や親戚に頭を下げると、不思議なことに保険加入の成約ができるのである。

　会社の方は三カ月の間は臨時社員に普通より一・五倍の臨時給料を支払っても、支払い額以上のものが月々入金されるので、利益を生み出してくれるのだ。そんな臨時社員がすでに退職していなくなっても、支社長の方はすぐには本社には報告せず、本社からの支給金をプール（pool）、蓄えておくのである。

　また、これはという、好みの美人臨時社員が入ってくると、保険勧誘をサポート（support）してあげ、さらに丁寧に教えてあげようと、日中、連れ込み宿に連れ込んで、ちょんの間の遊戯。料理旅館で、お昼御飯を食べるとこなので、そこは旅館、女将に例の合図をすると、食後、薄《うっす》らとするだけの、セデスの錠剤を入れた、お茶を食後に飲ませるのである。支社長の方は、席を外していて、留守、女将さんがその間、話し相手をして、お茶を勧めて、その事を行うように勧誘するのである。話をしている内に、女性の方の瞳《め》が弛《たる》んでくる。欠伸《あくび》が出て、睡気《ねむけ》が出てくると、

「ちょっと疲れが出たんやわ、横になりなさい」

と、座布団を背中に宛《あ》てがって、仲居さんと二人で介抱する振りをして寝かせる。すると気持ちよさそうに寝息が出ると、座布団を使って次の間へ移動して布団に入れ

ればしめたもの、男女交合の用意ができた。

部屋の電球は、真赤《まっか》っ赤《か》。一方の壁はマジック・ミラー（magic mirror／明るい部屋を見る時は透けて部屋が見えるが、部屋からは光の反射のために見えないガラス）になっている。その道の通《つう》には、えも言われぬ趣《おもむき》があるのだ。

布団に寝かしつけると仲居と女将は、常連客で口の堅い、檀那衆《だんなしゅう》に珈琲をどうぞと呼びかけて、御開陳《ごかいちん》である。当の支社長もそんな仕掛けがあるとは露《つゆ》ほども知らなかった。鏡に交合の姿が映って希望が持てたし、中年の味を知った女性にはまたとない嬉びだった。プールされた無銘の金は、俺の為にあるんだと考えていた。保険会社の支社長は、タフ（taugh／頑丈な強い体力がないとできない）でないといかんな？と認めていた。新入社員は、家族、親戚を廻《まわ》った所で退社して行く者が多い。支社長の洗礼を受けた者の中には、退社しても呼び出し電話。商売抜きで、例の旅館でデートだ。その時は、薬も不要。二人して、お風呂で人生を楽しむ。

畑中さつきは、保険会社にのらりくらりと勤めている。要所、要所で自作自演して、賛成会の拍手をして、朝礼を擦り抜けて逃げていた。偶適《たまたま》、その月はどうしても成績を上げなければならなくなった。海方子《かいまさこ》に頼み込んで、海洋空の名義を借りた。そうして、畑中さつきは月々の掛金を空掛けした。適当な時に解約すればいいやと思っていたが、昼食を食べに大淀食堂へ寄ると、店前《みせさき》に行列ができている。厨房では、見知らぬ若者が腕を振るっている。店の主人の顔が見えない……。

保険屋の畑中さつきは思い切って、奥さんの方子にそっと聞いてみた。すると、主人の洋空さんが検査入院して、ここ暫《しばら》く帰れそうにないので、板倉電気の社長に助けてもらい、料理長として福島という青年に出向してもらっているとのこと。結果、洋空さんに癌が見つかり、一カ月程の入院療養と決まり、二人で一日一品主義のランチ店に様変わりしていると説明してくれた。

畑中さつきは、早速社に戻り、海洋空の保険金支払いの手続きに入った。入院先の神戸病院へ保険請求の為の医者の診断書を書いてもらった。その都度、電話で海方子に報告を入れた。畑中さつきがお客さんの為にスピーディーに保険給付の手続きをするので、それが口伝えに保険のことならまず畑中さつきに相談しようとなって、自然と保険契約が取れて、社でもベテランの部類に入った。社において自己の営業成績も大切なもので、新米の社員は、客のことを二の次にして、社の利益の方に目がいってしまう。だが、畑中さつきは違った。なによりもお客様を優先に取り扱う。親方、日の丸という考え方に立ち、客への支払いを急ぐのだった。畑中さつきは、今までの空掛けの保険金を清算して、残金一切を方子に説明して支払いを済ませた。方子は、「思わぬ所からお金がやってきてラッキー！」と叫んだ。

御主人の退院までということであったが、福島洸一は、本当の料理長に傾いた。誰も電気工事士のなれの果ての姿とは思えなかった。世間は陰口をたたいた。

「あの大淀食堂の奥さんは、若い燕《つばめ》を引き込んで、たいしたものだ。人というのは、わからんもんやな」と噂するのであった。

子供のいない海夫婦は、洸一君を自分達の養子にしたいもんだと考えていた。方子は、日々の売上金を主人に持って行ってはいろいろ話し合った。福島洸一の発案の一日一品主義の方が手間いらずで、従来の倍以上の売上げには驚きを隠すことはできなかった。

「わからんもんやな」

と、洋空はベッドの上で苦笑い。素人同然の若者に、玄人が完敗だ。

方子は主人に、その福島洸一が、天神橋筋商店街で小さな寿司店を経営したいという夢を持っていると洋空に伝えた。

「そうか？　そんな夢を持っているのか？」

洋空は福島洸一のことを、すでに息子のような気でいる。洋空は、洸一の希望を適《かな》えてやろうと決めた。病室が八人部屋だったので海夫婦の話を聞くともなしに聞いていた隣のベッドの三井晃が、海夫婦に呼びかけた。

「わしな！　年が年で、寿司屋をしててんけどな？　養子の身で、婆さんによお切りだせなんやったや。あんたの息子さんやったら、丁度ええわ。うちの寿司屋、買《こ》うてんか？　年寄りに金は毒や、買うて！」

　それを聞いた海夫婦は、

「棚から牡丹餅《ぼたもち》や。こんなことあるんかいな！　洸一君、嬉ぶで。入院保険を、寿司屋の店舗購入に付け加えたらええわ」

　海夫妻は、福島洸一にかけてみようと考えた。関西の諺《ことわざ》に、「食べもん屋と御出来《おでき》は大きくなったら潰れる」という金言《きんげん》がある。

　大淀食堂の主人海洋空は、妻の方子に言った。

「わしらはこのまま、福島君が教えてくれた一日一品主義で、週替わりで変化をつけて、お客様の意見もよく聞いて、商いしよう」

「わたしも、それがいいと思います。福島さんに大きく羽搏《はばた》いてもらいましょう。末が楽しみですね、お父さん。早く良くなって退院して下さいね」

「うん、そうする。そうしてな、商店街の不動産屋の方円商会《かたまる》に来てもろて、公平で適切なおよその金額を算出してもらって、夕方に一遍《いっぺん》、福島君に来てもろうて、三井晃さんに面接してもらお。わてらは、ええ子やと思っているけど、三井さんの御眼鏡《おめがね》に叶うかどうか、福島をよく見てもらお」

そして隣のベッドの三井晃に、

「明日、息子が夕方来ますから見てやって下さい」

と、頼んだ。

すると寿司屋「白駒」の主人、三井晃は、

「なに、言うてはりまんねん。水臭いやおまへんか？　わし、おたくらの夫婦の会話、聞くとうなしに聞いて、御主人や奥様の立派なこと、それを聞いていただけで、惚れ込んだんでっせ。息子さん、見んでもわかります。御主人から息子さんに、お願いして欲しいんです。それは、暖簾《のれん》の「白駒」だけ残して欲しいんです。暖簾まで消えてしまうと、生命が消えてしまうような気がしますねん。頼みはそれだけですわ。よろしゅうお願いします」

「はい、よくわかりました。それは充々承知しています。そや暖簾は商人の生命だ」

夢のような話が、ベッドの上でとんとん拍子に弾《はず》んだ。

「明日は、明るい日と書く。本当、生きていてよかったと思う。癌で入院しても、人の為になる話、いつまでも、寝てられんぞ、早よ退院しよう！」

妻の方子の顔を見て、洋空から笑顔がこぼれた。西日が眩しかった。方子は夫の顔に生気が甦っているのが嬉しかった。自然と笑顔になった。

福島洸一がいつものように板倉工事の社内でタイム・カード（timecard／出勤票）に記録していると、秘書の岩崎真希が、目聡《めざと》く紺の背広姿を見つけて、

「福島さん、何かあったの？　その姿は珍しいですね。男前が一段と映えてます」

すると、大淀食堂、店長代行、福島洸一は、

「岩崎さん、冷やかさないで下さい。昨夜、急に奥さんから電話をいただいて、用事があるから背広で来てくれといわれたんです、何んでしょうね？」

「そお、そうしたら、後で奥さんに聞いてみてあげるわ。今日も頑張ってね」

洸一は、何んだろう？　という気持ちで一杯だったが、当たって砕けよとも思った。

岩崎真希は方子に電話を入れてくれたが、

「まあまあ、それは後のお楽しみ。皆さんが御影家《みかげや》で集う宴会の席で発表されますよ。社長にもよろしく伝えて下さいね」

と、はぐらかされた。方子のこの敬虔な姿は、主婦としての鑑《かがみ》だ。夫婦間のこと、夫の心の想いを、先走ってべらべらと喋るものではないと、充分に主婦の座を心得ている人だった。慎《つつ》ましい、淑《しと》やかな姿に感心させられる。

今日は店を早々に切り上げて、方子は福島洸一を伴って近くの神戸病院へ。それは、美しい母子の後ろ姿に見えた。西日を受けて、長い影が付いてゆく。神戸病院へ着くと四階の談話室に行き、一つの円卓を選んで椅子を四脚《きゃく》用意して、福島洸一に「ちょっと待ってて下さい」と言い残して、方子ひとり病室へ行った。

「こんにちは、お父さん遅くなりました。福島さんには談話室で待ってもらっています」

「ああ、そうか。三井さん、息子が来ました。会ってもらえますか？」

寿司屋「白駒」の主人、三井晃は、

「息子さん、来られましたか。こちらこそ会ってもらいましょう。よろしく」

洋空はガウンを着て、方子と二人で三井晃を両脇から支えながら、談話室へ向かった。そこには福島洸一が坐っていたが、三人の姿を見ると、椅子から立ち上がり、自衛隊時代の直立不動の姿勢で三人を迎えた。三人は談話室の入口で、思わず立ち止まり、洸一の姿勢に見惚れた。三井晃は、「なるほどなあ」と自分の昔が思い出された。

全員が着席すると、洋空が口火を切った。

「福島さん、この度はありがとう。私の時よりも店の売上げがあって、安心して入院していられる。本当にありがとう」

「いえ。自分の方こそ、好きなことをさせてもらってます」

「三井さん、この人を私の息子と勝手に決めているんですが、本当はうちの大淀食堂の近くにある板倉電気工事の社員さんなんですよ。私が検査入院で、店をしばらく休業しようと店内で貼り紙したら、隣近所に食堂がないので休業は困る、それなら自衛隊で賄いの訓練を受けているので、厨房に入らせてくれと申し込まれたのです」

するとと三井晃は尋ねた。

「そうですか？　自衛隊で習われたんですか？　たくさんの御品書で、食堂の経営も大変でしょう」

「いや！　三井さん、福島さんはねえ、店の品書きの料理は私が帰ってきて作ればいいと、今は一日一品のランチ主義でやってくれているんですよ。これまた、びっくりするようなアイデア（idea／アイディアとも。思いつき）の持ち主でして、私の売上げよりもはるかに高収入なんですわ。福の神ですわ」

「へえ！　そうでっか？　初耳やな！」

奥さんの方子は、笑顔で、

「そうなんですよ。お父さんが入院すると聞いた時は、一時《いちじ》、しばらくの間どうしようと途方に暮れて悲嘆しているところへ、板倉電気社長とこちらの福島さんがぜひとも厨房に入らせてくれと、助太刀に来てくれたんです。お父さんには何から何まで、大変無理をさせました、ごめんなさい」

それから、現在の店の様子や客の声などの説明を受けた三井晃は、福島洸一に「ぜひとも寿司屋『白駒』を継いで欲しい」とお願いした。そして、現在の寿司屋には職人が三名程いるが、それらの面倒も見てやって欲しいと依頼した。すると福島も「自分はずぶの素人だから職人さんの気持ちを尊重したい」と言った。

福島洸一は、自分を二代目として迎えてくれるだろうか？　これを機会に独立するかも知れないので、職人さんの気持ちを大切にしようと思っていた。

談話室からの夕焼け空は、輝いて美しい。海夫妻、三井晃、福島洸一の面談は、「君よし、我よし、全てよし」となった。後日、退院した三井晃、洋空、板倉社長とが、料理旅館に集合して宴会が持たれ、不動産の方円《かたまる》商会が、三井晃の「白駒」の現在の金額を説明して、両者に納得してもらった。無理のない相場の金額であった。板倉社長も、福島洸一の気持ちを尊重した。

こんな円満に店の譲渡がなされたことは、近年、珍しいことだった。こうして、福島洸一は多くの人達の応援を受けて開業した。

第三話

寿司屋 白駒のこと

「白駒」の二代目に、福島洸一は納まった。資金が無くとも店が持てる。店長になれた。母も嬉こんでくれた。そして、初代の主、三井晃に話を聞いた職人達も、若い二代目の面倒を見ましょうと納得してくれた。昼も夜も、寿司飯《めし》では飽きてくる。洸一は、板長《いたちょう》に、大淀食堂の一件を話してみた。

「へえ！　寿司屋で、ランチスペシャル。おもしろいアイデアでんな」

板長の山口晶広《まさひろ》はユニークな人で、古い仕来《しきた》りにこだわる人ではなかった。

「面白い、やってみまひょ」

と、他の職人さんも賛成してくれた。「ランチ、一日一品主義、昼だけ」に暖簾を掛け替えることにした。夜の暖簾は朱色に白駒を白抜きにしていたが、昼用の暖簾は、思い切って白地に白駒の文字を朱色で、それも左馬に染め、「白駒」とした。

この昼用の暖簾は、その奇抜なデザインで人目を引いた。ランチメニューは、大淀食堂の一覧表をそのまま拝借した。

【月曜日】カレーライス、生野菜のサラダ（小鉢）
※福神漬、辣韮《らっきょう》、卵は笊籠《ざるかご》に盛ってお代わり自由とする
【火曜日】親子丼、味噌汁、沢庵《たくわん》、サラダ小鉢
【水曜日】オムライス、オニオン（onion）スープ、サラダ小鉢
【木曜日】焼きソバ、卵スープ、一口餃子（五ヶ入り）、サラダ小鉢
【金曜日】焼肉定食、卵スープ、サラダ小鉢
【土曜日】焼飯定食、卵スープ、サラダ小鉢
【日曜日】缶詰定食、味噌汁、サラダ小鉢
※缶詰は鯖缶、秋刀魚缶の内一缶選んでもらう

ランチ定食は、一日一品と絞り込んで、汁物はお代わり自由、希望者には珈琲を自由に飲んでもらう。珈琲は入口の外のテーブルで味わってもらう。紙コップ使用。週休二日制の為、アラレ、ノンチャン組とマァチャン組に分けて休むこととする。

週一回、夕食には必ず、重見の父さんが顔を見せてくれた。寿司屋で洋食ランチは、

白駒の快挙だった。

【問題】カレーライスとライスカレーについて、あなたの考えを述べなさい。

▼普通、店頭表示などでは、「カレーライス三百円」と表示されます。お店で食べるカレーライスは、温かい御飯にカレーのルーがかかっています。福神漬《ふくじんづけ》、辣韮《らっきょ》が添えられています。今日《こんにち》のように、カレーのルーがまだ市販されていない時代です。フライパンでたっぷりのバターを熱し、メリケン粉を塗《まぶ》しながら煎《い》ってルーを作ります。そうして、ダマにならないように水を入れながら、カレー汁を作ります。全体に熱がいきとどきねっとりとしたところで、お皿に温かい炊き立ての御飯にカレールーをかけます。カレーライスの出来上がりです。氷水をコップに入れて食卓に出せば、おいしくいただけます。

▼それに引き替えライスカレーの方は、呼び方が真逆と考え勝ちですが、少しニュアンス（nuance（仏）／言葉などの微妙な意味合い）の違いがあると思うのです。私は、このように思っています。敗戦後の世の中は、今のような電気釜がありませんでした。御飯の保温を保つ為に、御櫃《おひつ》に御飯を移します。しかし、い

くら御櫃に入れてあっても、時間がたてば自然と御飯が冷めてきます。その冷めた御飯にカレールーをかけたのがライスカレーなのです。食通の人は、どちらかというと、ライスカレーの方を好みます。熱々のカレーライスよりも、温めなおしたカレールーを、冷めた御飯にかけて食べるのが、本当のカレーの味なのです。

寿司のネタは、大淀食堂の海さんや今までの白駒の職人さんの世話にならなければならず、仕方のないことだったが、洋食のカレーとなると、海軍自衛隊の伝統のカレー味がある。そのカレー味で鍛えられているから、舌は確かなものである。カレーに珈琲で四百円は安い。御飯は大盛り、中盛り、小盛りと客の腹具合に任せるのである。「牛負けた」と言って帰って欲しいのだ。答えは、「馬勝った」。

大淀食堂の洋空も、白駒の初代三井晃も無事退院して、「店に一遍顔出しするわ」と声掛けをしてくれた。板倉功、岩崎真希と料理旅館で一席設けて、洸一の新しい門出を皆んなでお祝いをしたものである。一銭の資金もなくて、店が持てるなんて夢のような話だ。

福島洸一のアイデアには、白駒の初代、三井晃も大変に驚いた。寿司屋でありながら、昼のランチに日替定食を掲げている。今までの営業方針からすると、全く理解の為難《しにく》いことだった。それでも、若い者のやることにケチをつけるのではなく、見守ってやろう。もちろん、日替定食とは別に、従来通り職人の中のリーダー板長は、寿司の定食も用意している。人は、なんぼ好きでも、毎日毎日同じ物ばかりだと飽きてくるものなのだ。そこに普通の和食の日替りがあると、客は嬉しい。

洸一は、店に女性店員がいたらいいのにと考えていた。とある日の夕方、一人の女性が食事にやって来た。どう見ても、地元の娘ではない。近頃の娘には、びっくりさせられる。生ビールを注文するのである。そして、にぎりを一人前、ぺろりと平らげる。

「姉さん、大阪の人じゃないね。国はどこよ？」

と、板前Aの桑原薫が尋ねる。

「わたし？　わたしは関東の者よ」

するると板前Bの田中隆吉が、

「へえ、どうりで化粧が美しいと思うた。そしたら姉さん、旅行が何か用事で大阪へ来んしゃったの？」

「そう、関東は、千葉の成田山の所から、バスに乗って、奈良見物をしてきて、どこか大阪で安い宿を見つけて、明日は、神戸、京都と見物するつもり」

それを受けて板長、山口晶広が提案した。

「それやったら姉さん、うちを拠点にして関西見物したらええで。この店の二階、四畳半、二間空いてるし、風呂屋はこの商店街の裏にあるし、小遣い稼ぎで住み込みで働いてもろてもかめへんで」

旅行中の若い姉ちゃんは、それに乗って来た。

「ほんま、嬉しいわ、小遣い稼がせて。そのかわり、時間給、弾《はず》んでや。ウレシ！」

「よっしゃ！　決まりや、これが本当の面談即決や。良かった。皆んな頑張ろう」

店の中が、パッと明るくなった。「私《うち》、五十嵐信子《いがらしのぶこ》といいます。渾名は、漫画のアラレによく似ていると人から言われて、皆は、アラレと呼んでくれます」

学生証には、法政大学、通信教育文学部日本史学科、四年生とあった。

身元が判然《はっきり》しているので、店の者は全員賛成だった。食事を終えたところで、店主は五十嵐信子を二階へ案内した。商店街の方をアラレは希望した。押入れには、敷布団や毛布が何枚も用意され、自由に使うことができる。

生ビールを飲んだばかりなので、ゆっくり二階で休憩してから、裏の風呂屋へ行くように指示をした。信子の店の仕事着は、板倉電気の岩崎真希についていってもらって調えることにし、明日、十時過ぎに白駒へ来てもらうことになった。

若い女性が店に入ることに、板前たちも、自然と顔が綻《ほころ》んだ。店前の暖簾も昼の白暖簾と夜の赤暖簾とで気分が変わった。

この白駒に、毎日のように若い人達がランチ定食を食べに来る姿を見て、他の食堂の店の人達は首を傾《かし》げた。それには、秘密があったのだ。

福島洸一が海上自衛隊を退職して、東京の八王子市にある創価大学の法学部を四年で卒業したことだ。入学当初、自衛隊上がりということを伏せていた。学生運動をする者を横目で見ていた。福島洸一が未入信で、日蓮正宗、創価学会の会員でないと分かると、周囲の友達がいろいろと信心についてとか、学会の催しについて誘ってくれるので、聞くぐらいいいだろうと通っているうちに、段々と心に法華経なるものが偲《しの》んできた。初め、福島洸一は、創価大学の法学部の通信教育を受けた時は、宗教の宗の字も知らず、家自体に仏壇もない家だった。

創価大学で、スクーリング（schooling／面接授業）を受けたりして、友達ができた。そうすると、例の折伏《しゃくぶく》を受けた。そして、擦《す》った揉《も》んだの末に入信することになったのである。そんな様子を詠んだ江戸川柳に「宗論は、どちらが負けても釈迦の恥」というのがある。全くその通りだった。

しかし、福島洸一は、母子家庭で育ち、社会からは、無言の区別、差別を受けた身である。それが今では、「俺は妙法の使者だ」というのが口癖だ。いろいろと宗論を戦わせるが、福島洸一が「法華経」に目覚めたのは、一冊の文庫本だった。講談社の学術文庫に納められている『立正安国論』である。実に判りやすい。初めに、解説文があって、後部に漢字の原文が添付されているのである。スクーリング中にもかかわらず、三日三晩、四時間の時間を割いて、漢文の部分を手書きで書き写したのである。そうすると、法華経の偉大さが、すとんと胸に納まったのである。立正安国論は後に掲げるとしてのお楽しみ。

重見俊三警部は、寿司屋「白駒」へと、相川真由美を誘《いざな》った。夜の赤暖簾を撥ねて戸口を開けると、

「へい、いらっしゃい、毎度！」

と、板前の元気な声に迎えられた。そして、

「御二人さん、奥の左側の御席へどうぞ」

と板前A、桑原薫。

「あがり、二丁」

板前B田中隆吉。

「へい！　おまちどうさま、どうぞ」

カウンター（counter／客と調理場を仕切る勘定台）に、お茶二杯（粉茶の上等もの）、それに、熱いお絞りが二つ。店長がお盆に載せて、奥の席へ運んで来た。お茶とお絞りを、二人の前にそっと置いた。

「麒麟麦酒《ビール》と今日の盛合せ、二人前」

重見がそう頼むと、すかさず店長が、

「はい！　注文が入ります。麦酒一丁、コップ二杯。盛合せ二人前」

板前A桑原薫、板前B田中隆吉、二人は声を揃えて景気よく合唱する。

「麦酒一丁、コップ二杯、盛合せ二人前」

元気な声が店に響いた。それにしても、今日は不思議なことが重なった。アラレちゃんという女性店員が入店したその同じ日に、常連の重見警部が若い娘を連れて店へ来た。いつもは、重見が一人で来るのに、娘連れとは大変珍しい。店長は、すっかり父娘《おやこ》だと早とちりした。

そろそろ、御食事が一段落した頃を見計らって、店長が御機嫌伺いに重見のところへ顔を出した。重見は、店長に瞳《め》で訴えた。ぴんときた店長の福島洸一は、重見が口を開くのを待った。すると重見は、にこやかな顔で、

「店長、お願いがあるんや、これ、事情があって、家へ連れて帰られへんのや。相川真由美と言うんや。実はね、店長に面倒を見て欲しいんですわ。僕はいままで通り週一で寄らしてもらうんやけど、この娘《こ》、住み込みで、白駒でお世話になりたいんやけど、どんなもんやろ？」

　店長は、目を丸くした。こんな事あるかいな、と不思議な現象におもわず板長に声掛けをした。

「僕は賛成ですわ、ちょっと待ってね。板長、ちょっと奥に来て」
　ト、福島洸一は重見に笑顔を見せた。
「はい！　店長なんですか？」

　奥へ来た板長の山口は、福島の横へ腰かけた、すると福島洸一は笑いながら、

「えらいこっちゃ、こちら、相川真由美さんと言われるんやけど、こちら重見さんの外の娘さんで、家に連れて帰られない言いはんねん。ほんでな、うちで住み込みで働きたいと相談されたんや。な、傑作やろ」

　すると板長の山口は、福島と重見の顔を見ながら、

「私の方は、住み込んでいただいて賛成です。女性二人で、協力して生活してもらうと助かります。店長よろしくお願いします」

するとと店長の福島洸一は、

「相川さん、板長の許しがでたので合格採用決定。それでね、相川さん、漫画のアラレちゃんそっくりの五十嵐信子さんが二階で休憩しているの。紹介するわな」

店長は、店の奥の露地裏の二階への階段を登って行って、アラレちゃんを伴って降りてきた。店長は、二人を紹介した。

「アラレちゃん、こちら、重見さんの娘さんで、相川真由美さんです。今日からアラレちゃんの隣の部屋で寝ます。相川さんね、アラレちゃんは五十嵐信子といいます。二人、仲良く二階で生活して下さい」

相川と五十嵐は、お互い顔を見やって、ぺこりと、お辞儀して微笑んだ。五十嵐信子は五尺の身長で茶目っ気たっぷりの明るい娘だ。相川真由美も身長五尺三寸で、色白で渡来人特有の抜けるような肌の持ち主だ。二人姉妹が一晩で出来上がり、魔法をかけられたようだ。紹介が済むと女同士、二階で話をしてもらおうと店長は気を利かせて、二階へと追い遣った。そして一言付け加えた。

「裏の銭湯は十一時までやで」と。

店長は、重見俊三の本当の姿を知らない。第二次大戦、太平洋戦争の生き残り組だ。敗戦を迎えてゆく当てもなし。当時、小学校の教師か巡査には比較的なりやすかったのと、兵隊時代の上級将校が巡査の口を斡旋してくれて、人手不足の誰もが嫌がる捜査三課に配属させられた。来る日も来る日も市内を歩き廻るので、靴は、三カ月持たなかった。靴修理の親父さんに頼んで、靴底にゴム板を貼ってもらいながら、騙し騙し駆け巡っていた。足元を見れば、そんなに裕福な人には見えず、かといって小さな約束事などは、きちんとしてくれる常連さんだ。

朝出勤して、タイム・カード（time card／出退票）に記録すると、そっと抜け出す。知り合いのパトカー（patrol-car／パトロールカー。昭和二十五年に警視庁が採用）に乗せてもらって、京阪・天満橋駅の近くで降ろしてもらい、京都三条へ。そしてお寺巡りをする。田舎から出てきた観光客を狙う者がいるからである。

四、五人のグループ（group／仲間、集団）が網を張って、これはという婦人に絞《しぼ》り込んで、包囲して、神社などの御参りで財布出して賽銭を箱に入れて、両手を上げて、目を閉じて――この御祈りの時と、祈り終えて次の人と入れ替わる時が一番危い時だ。グループは、その人を囲って、他人の目線を遮断して、一人が仕事をしやすいようにした時が、取り押さえる時だ。そして、グループの仲間内同士、獲物をパス廻わしせぬように、最大の緊張でもって仕事にかからなければならない。

また、百貨店などの商店でのタイムセール（time sales／時間制限の特価販売）で、台車の商品を狙って群がり、押すな、押すなの時が危険。財布を掏《す》られる本人は、左右、後ろから押されて、抜かれてしまうのである。どうすることもできず、泣きを見る。その稼業の女番長が、相川真由美だった。他言無用。

毎月二十一日は、四天王寺の大師講。京都では、東寺。二十五日は、京都、北野の天神さんと、稼ぐ場所は無限。「あぁ〜忙しい」というのが実情である。そこに掏摸達がいればこそ、捜査三課の刑事の飯の種だ。重見警部は、三カ月に一度、革靴を履きかえる。靴底が破れてしまうのである。

関西の風習。初めて、人に会った時の人物評価の仕方がある。

一ツ、頭はちゃんと整髪されているか？
二ツ、持ち物検査。鞄など上等品をお持ちか？
三ツ、靴はきちんと手入れされているか？
靴底の減り具合い。踵《かかと》がすり減っていないか？
踵のすり減りの具合で、その人の性格がわかるというのである。

それ相当の人物と思われる人が、ボロボロの靴で、靴クリームも塗っていない。まして身なりはよくても、目がきょろきょろとして、落ち着きがない。

これらの条件に当てはまれば、人物評価はゼロ！　その店の主人の心の奥に仕舞い込まれる。つまり、対等に交際《つ》き合う人物ではないと、口酸っぱく教えられるのである。

「白駒」のある、この天神橋筋商店街の特徴は、その店の言い値で品物を買ってはいけない。値切って、値切ってみせるのが、売買《うりかい》の醍醐味《だいごみ》なのだ。店主と買い手の二人で俄漫才師《にわかまんざいし》の誕生だ。二人が丁丁発止《ちょうちょうはっし》と遣り合うのを、通行人が集まってきて見学している。

「そんなん！　お客さん、殺生《せっしょう》でっせ?!」

店先で、大きい算盤《そろばん》を持ち出して、玉を上へ下へと上げ下げしている。がお互いの顔の目と口は笑っている。お互い腹の探り合いなのだ。

店主の方は、客の頭の襟足《えりあし》を見て、ちゃんと散髪に行っているか？　持ち物はどの程度の値打ちの物を持っているかと一目見て、客の品定めをするのである。

髪は長くぼさぼさとしていて、散髪にも行っていないのはずぼらか？　低所得の階級の者と見なすと、これは買う気のない冷やかし屋としてある程度の値段を告げて、商いに見切りをつけ追っ払うのだ。そんな冷やかしに付き合うのは、御免被《ごめんこうむ》りますと算盤をなおしてしまう。

いい品物を安く買うのに、この天神橋筋商店街では、ちょっと心臓に毛が生えていないと生きてはいけないのである。それで店によっては、「他店の値より何割引します」「お客さん、あんたが品物の値段をつけて下さい」などと貼り紙をしている店も出てくるのである。

そんな商店街を、重見と真由美が歩いていると、顔馴染みの店主達が店前から、

「いよ！　御両人、御結婚、お目出とう」

と声掛けをして、冷やかしてくる。すると、重見俊三警部は口パクで、

「阿呆！　アホ、ヌカセ！　何を言うてんねん、オレの娘じゃ、心配すんな」

と言い返すが、お互い目は笑っている。店の主人達も、この夕方の時間帯は、重見の食事タイムで、寿司屋の「白駒」へ行くのを知っている。この「白駒」は、重見の馴染み、贔屓《ひいき》の店だ。立派な体格の店長福島洸一は、海上自衛隊出身だ。基礎訓練を受けて、舞鶴から広島の呉へ、そして江田島の兵学校で三年程過ごして除隊したものである。今では、予備自衛官の登録をして、毎年十日間訓練を受けている。律儀な若

者だ。

母の福島菊江は、洸一の帰りを待ちながら、夕方から夜十時まで寿司屋へアルバイトに出かけた。夜、ひとりでテレビを見ているよりも、たとえ四時間でも皿洗いをしている方が、気がまぎれるのだ。大阪、梅田新道の交叉点近くの、お初天神さんの参道の「亀屋」という店である。すごく繁盛している。美味しいのだ。一皿百円として安い。シャリは少な目で、新鮮で厚みのあるネタを載せているので、若い女性達にも人気がある。若い女性が来てくれると、自然と若い男性も店に通ってくれる。

店の名は、「亀屋」という。

この「亀屋」という屋号は、寿司屋以外にも案外多い、有馬温泉の山の中でも、「みやげもの屋 亀屋」があって、炭酸煎餅を商っている。横浜、神戸といった港町でもよく見かける。いつの頃から、屋号に「亀屋」と付けられるようになったのか？ 私はこのように考えている。とてつもなく古い話になる。

諸事多煩《しょじたはん》の江戸時代の末期、強引に開港させられた日本は、明治を迎える。下田、横浜下《くんだ》りで外国人が日本国内を自由に出入りするようになると、彼らは犬を連れての散策や買物である。そのような時、彼らは犬に向かって、

「カムヒヤ、（Come Here／おいで）」と呼んだ。中には短く、「カミヤ」と呼ぶ者も

いた。日本の商店の主《あるじ》の中には、カミヤが「亀屋《かめや》」と聞こえたのである。店の看板、屋号を「亀屋」とすれば、多くの外人客が店に来て呉れると信じたのである——と、私はそのように思っているのです。

福島洸一は、中本小学校、本庄中学校、大阪商業高等学校、という学歴である。敗戦後の日本では、高等学校へ進学することなど到底考えられないというのが世間一般の風潮だった。中学校を卒業すると、町の工場や商店に働きに出て、一家を支えたものだ。父親といえば、大体四十代ぐらいで、西の方にあるという遠い国へと旅び立って行く家が多かった。「親孝行したい時には、親は無し」というのが、普通の社会だった。そんな中で辛かったのは、母子家庭ということで、社会からは無言の区別、差別を受けたことだった。高三といえば来年は卒業なので、就職活動で大変だった。

ある時、天王寺動物園へ見学に出かけ、天王寺から大阪梅田へと省線に乗って話し合っていた時、鶴橋から一人の品のある老人が乗ってきて、洸一らのグループの前に立ったので、洸一は友の山本真一の靴をポンと蹴って合図をした。そうして、その老人に「どうぞ、御席へ御掛け下さい」と席を譲《ゆず》ったのである。

するとと老人はこう尋ねた。

「ありがとう。君達はどこの学校かね？」

皆んな明るく、元気な声で、

「はい！　大阪商業高等学校です」

「そう、何年生？」

「はい！　高三です。就職活動で大変です」

「そうか？　今度の土曜日は、学校は半ドンかね？」

「そうです。土曜日は、授業は午前中です」

すると老人は、席を譲った山本真一に、

「君、今度の土曜日、僕の会社へ来たまえ。この名刺を持って、昼から会社へ来たまえ。僕がちゃんと電話をしておくからね、必ず来るんだよ」

「はい！　ありがとうございます、よろしくお願いします」

山本真一が貰った名刺には、大日本インク株式会社の社名が入っていた。明日学校へ行ったら就職世話係の先生に報告しようとなった。その老人は、「よろしく」と挨拶をして、大阪梅田で下車していった。

学校で就職係の先生にこの報告をすると、非常に喜び、常日頃の学生への訓示にも熱が入った。山本真一は、土曜日の午後の会社での面接で、面談即決で内定が決まった。

福島洸一の方は、北浜にある山卯《やまう》証券株式会社から、月額三千円也の奨学金の支給を受けていたので、三和銀行の子会社として設立された三洋証券株式会社を受験することになった。大阪商業高等学校からは二名の履歴書が送付された。父親が三和銀行の課長をしている落合貞夫と、母子家庭の福島洸一だった。

学校の就職世話係の教諭は、そっと福島洸一を職員室に呼んで、三洋証券に二人分の履歴書を送付したが、三洋証券が書類審査の段階で、福島洸一の受験票を返送してきたことを告げ、改めて申請用紙を見せた。そこに書かれた落合貞夫と福島洸一の学校としての生徒評価欄は、明らかに、福島洸一の方が上だった。福島洸一は母子家庭ではあるが、クラスの級長を三年間勤め、学業優秀、品行方正である。ぜひとも二名の採用をお願いしたいというものであった。当時の社会の風潮は、母子家庭に対して無言の区別、差別が厳然と存在していた。この差別の壁には如何《いかん》ともしがたかった。

福島洸一は、あらかじめ先生から懇懇《こんこん》と心を込めて丁寧に諭《さと》されていたので、素直にその結果を受け入れた。これが現実の社会だ。

何事によらず、福島洸一は前向きに捉えた。社会が一人の人間の就職を拒絶するなら、それは、それとしていいではないか。就職はダメと言うなら、進学があるさ。密かに急遽、大学への進学雑誌を手に入れた。受験料が一番安い大学は、東では明治大学、西では立命館大学の二校であった。家から通うとすると、立命館大学が浮かび上がった。その進学の夢を持ちながら、天神橋筋商店街をぶらついていて、背広姿の自衛隊の勧誘員川田力之助三尉に呼び止められて、自衛隊の方へ舵を切った次第。そして満期円満除隊すると、退職金の一部でもって、東京都、八王子市にある創価大学の通信教育でもって、法学部を卒業したのである。

世の中には、多くの大学が通信教育部を設けている。その中でも、うちが一番古い通信教育の歴史を持っていると自負するのが、東では法政大学である。左翼思想の塊だ。東京大学の教授連の受け皿の大学である。この東大系の教授は、品性が悪い。俺は東大出だと誇るのはいいが、その実は、セクハラ、モラハラ、パワハラのオンパレードのハラハラの塊そのもので、文部省からの研究の為の助成金などを、研究そのものは、院生にまる投げしておいて、自己の飲み喰いに使う始末だ。人間的に悪い教師が多い。

それに引き換え、創価大学の通信教育は少し違う。各先生方は、学校は学生の為にあると認識している。教授は学生のサポーターと自覚して、学生の目線で、報告書（レポート）、論文など、いろいろアドバイスをする。法政などは、こんな通教生のレポートなんか読めるかい、と一カ月から二カ月、机の上に積んだままだ。やおら一カ月が過ぎたところで通教生のレポートを読むが、レポートの中の誤字、脱字を五カ所見つければ評価は（不可）D判定で、誤字、脱字に気をつけましょうと突き返すのである。誤字、脱字も然る事ながら、二千字以内で論ぜよと曰《のたま》う。これが法政大学の教授の実態だ。

これが創価大学の方では、どうであろう。レポート（報告書）を提出すると、ほぼ二週間で返送されてくる。レポートの課題の説明、内容の構成、この部分を「起」とする。そして、この部分の「起」を受けて「承」とする。「起」と「承」の部分より大きく変換させて「転」とする。最後にそれらを踏まえて「結」論とする。

レポートに詳しく赤ペンを入れて教えてくれる。赤ペンに注意して、レポートを作成し直すと、まあ、まあの形になってくる。高校を卒業して、実社会に出て、学歴社会の洗礼を受けて、働きながらの勉強なのだ。法律の条文などは、完全な睡眠学習になるのだ。その辛さを法政の先生は知らない。レポートを提出して、二カ月（六十日間）を優に経過して、一カ月程かけて、二千字のレポート作成、そしてレポートを提出するが、また、また、二カ月を経過して、忘れた頃に戻ってくる。誤字、脱字が、またもやありましたと曰《のたま》って返送である。このようなことが、二年間程続いてやっとことと課題試験を受けて卒業された御仁がいた。この誤字脱字の先生、家では、日蓮の法華宗の糞坊主だ。自分は何んら喰うに困らない身分だ。この教授の口癖は、アメリカの大学は入学しやすく、卒業は難しいのだと曰《のたま》う。この教授、卒業論文の審査をすると言って、ちゃっかりと、ウン万円の審査料をせしめて、提出された論文に付《ふ》箋《せん》を付けて返本するのが普通のルールなのに、この教授は返しもしないのだ。猫糞《ネコババ》を決めている。

それに引き換え創価大学の方は、どうであろうか？　主任教授が忙しければ、ペアを組んでいる准教授に、お手伝いをしてくれるように依頼してレポート（報告書）の返却を目差す。学生からのレポートを、一カ月も二カ月も積んだままということはしない。教師は学生のサポーター（supporter／支持者、後援者）であることを自覚して、学生の学ぶという意欲を応援することに徹している。

また、創価大学では、こんな話があった。五十代の女性が、経済学部で学んでいる時、「国際経済学」について、「こんなん、難し過ぎて、わかりません」とレポートを白紙で突っ返したそうだ。すると担当の教授から学生の家に、「担当する私の方が悪かった。もっと噛み砕いてわかりやすい教科書を作ります」と御詫びの電話があったそうだ。

生涯教育ということで、学ぶのである。一種の惚《ぼ》け防止も担っているのである。教科担当者は、学生の将来の方針をよく聞いて、それに対する学問の方法を講ずるのである。

法政では、他人の書かれた書物を紐解いて、それを複写機で抜き書きして、学生に配布している。純然と自己の研究論文を教科書にしている教授は少ない。数えるほどしかいない。プリントされた用紙で、お茶を濁している。

その点、創価大学は、できるだけ学生に負担を掛けないように配慮されている。

夏期、冬期のスクーリングも然る事ながら、学生が沖縄から、壱岐、対馬から、北海道であれば、利尻礼文島から、東京、八王子市まで、フェリー、鉄道、あるいは飛行機でという交通機関を使ってやって来るのであるが、学割を使っても、交通費代、宿泊費と二十代の学生であれば相当の負担額になる。そこで、学生の負担をできるだけ軽く抑《おさ》える為に、金曜日、土曜日、日曜日の三日間の地方スクーリングを積極的に行って、東京暮らしの先生方を地方へと出張させて、その地方で働く学生の姿をよく観察させるのである。この地方スクーリングは、その地方の通教生でなくても参加したい者は自由に参加して、単位を修得することができるのである。費用は格安である。法政大学などは、学生を喰い物にして、スクーリング代は、一人、金弐万円也なのだ。

法政大学で、若い大学院を卒業したてのお坊ちゃまは、曰うのである。

「この三日間のスクーリングの受講者数の五パーセントは、D判定（不可）とします」

大阪から飛行機で北海道、札幌までスクーリングを受講してD判定、はなから落第としてしまう。そんな不可の判定をもらった人を目の当たりにすると、開いた口がふさがらない。教育とは?!

地理学科の担当教師がいた。これも大学院の卒業したての非常勤講師だった。何かの例題で、大阪市西淀川区にある「西島《にしじま》」を、大きな声で「西島《とりしま》」と言うのである。

休み時間にそっと、

「先生、すみません。西淀川区にあるのは『西島《とりしま》』です。『西島』は存在しません。よろしく、おねがいします」

と話せば、自分の講義にけちを付けられたと、膨れっ面をして、最終の試験はD判定だった。院卒だと言ってるけれど、私から見れば、大人の発達障害者だと思う。欠陥人間そのものといわずにはいられない。それが法政大学の若い先生方だ。創価大学にも似た先生がいる。

法政大学は、東京帝国大学の左翼思想の塊の先生方を受け入れる為の受け皿校だ。左翼思想の人間は冷い。人間としての欠陥者が多い。自分の思想以外の人間を人間とは思わない。奇人、偏人《へんじん》が多い。碌《ろく》でなしだ。愛がない。

福島洸一が創価大学の通信教育を受けたのは、学費が安かったからだ。通信教育は学校が指定する教科書でもって、報告書（レポート）を提出して、合格点を取って、課目試験を受けて、四単位なり、二単位が修得認定となる。創価は学習確認試験なのである。

学校を選ぶ場合、そんな学校の事務局の様子や、学生のおかれている状況を把握することが大切である。学ぼうとする者に愛の手を差し出すのが、学校当局の姿勢であって欲しいものである。こういった状況を把握することで、地方スクーリングを積極的に行って、学生の負担を軽減すべきである。法政大学のように、学校経営が一般企業なみに利潤追求のみに走ってはならない。理事の名を公表すべきだ。

創価大学の設立当初、主に創価学会の会員の子弟が入学してくるというのは本当のことであった。福島洸一のように、学費の面で検討して、安いからという理由で入学する者は稀《まれ》であった。まして自衛隊上がりというと珍しかった。それなりに、福島洸一の態度は、頑《がん》として、はっきりとした自らの生活態度を貫き通していた。宗教に頼る生活態度は、受け入れがたいものがあった。

偉そうに口先だけで、〜　南無妙法蓮華経と唱える輩《やから》に碌な奴はいない。一家をあげて、泥棒一家が多い。借金は踏み倒す。詐欺行為よりも悪い欺罔《ぎもう》だ。人を欺き、人を騙すことを常套《じょうとう》とするのである。自分達が、日蓮正宗、創価学会の会員と名乗って、他の真面目な信心の会員に多くの迷惑をかけて生活している。創価大学の会員と聞けば、慎重に付き合うことだ。世間の常識が創価学会には通用しない。学会の常識は世間の非常識だ。義理も人情もあったものではない。実に嘆かわしいものである。

夏期講習で、面接授業を終えて寮に帰ってくると、各自、予習、復習と勉強に追われて忙しい毎日である。そんな中で、忙中閑有りというか、日曜日など行く当てもないので寮のベッドで寝ころんでいると、同室の部屋の仲間達が、

「ちょっと、八王子駅前の方へ出かけてみませんか？」

と、声を掛けてくれた。寮で一人ポツネンとしていても仕方がないので、誘われるまま出かける気になった。八王子駅前まで出ると、いろんな店があって、ぶらぶらと散策も悪くない。たまには、喫茶店でお茶もいいもんだと思った。創価大学の正門前のバスの停留所から八王子駅前までは、十分そこその時間だ。福島洸一を誘った友は、偶然停留所から乗って来た女子の通教生達の一団の中の一人と知り合いらしく、

「今日は、珍しいですね、どちらへ？」

と、声が掛かった。

「八王子駅前をブラブラ散歩です。何か、いいアイデアはありませんか？　時間、持て余しの君ですよ」

するとと女子の学生の一団は顔を見合わせて、

「そんなんやったら、今から、私らと一緒に来ません。友達が喫茶店をしていて、会合しているんです。ぜひ来て下さい。ほんの駅近です」

友の山崎弘雄は、この女性軍の誘いに、「どうする？」と、福島洸一に目を向けた。

「ああ！　俺ならいいよ、別に行く当てもない」

と、福島洸一は山崎弘雄に返事をした。

それを聞いた山崎弘雄は、ニッコリと美顔を添えて、女性軍に、いろよい、了解の返事をした。そのことは、後に分かったことであるが、このことは、山崎弘雄と、泊博子、山本美紀、飯田恵子、三浦佐知子、山田佐和子といった、面々との示し合わせた作戦だった。

学会の友人との対話、折伏座談会への連れ出しだったのである。それは陰謀である。偶然を装った必然だったのである。日本全国各地区の学会員さんの会合の場が、折伏座談会場として、活動の拠点になっているのだ。

駅前の、クマザワ書店の裏道を少し入った、道路に面した間口の大きな喫茶店「再会」の二階が会場だった。居合わせた女子の学生達に、盛大な拍手で迎えられた。女の匂い、むっとした化粧の匂いがきつい。

福島洸一にしてみると予期せぬ出来事だった。十余畳の広い和室で、あちらとこちらにテレビが二台、十名ぐらいが輪になって、部屋の四隅に分かれて、仏法対話に花を咲かせている。宗教に無関心な洸一には、学会創立の歴史の映画を映して見せてくれた。団体の催しものの画面一糸乱れずの整然とした団体競技は、自衛隊時代の行軍の練習が思い出された。なるほどなあ、人生の修練は、決して無駄がないということが改めて確認されたのである。

釈迦の教えは、弟子達が如是我聞と語って教典を結集《けつじゅう》した。それを仏教と呼んで、釈迦の教えとされている。

日蓮は、釈迦が二月十五日に亡くなり、釈迦の生まれ変わりが、日蓮であり、その日が、二月十六日であった。釈迦の教えが仏教、日蓮の教えは仏法というのである。

仏教と仏法、全くもって違うものなのである。それがこの世の一番の大きな問題なのだ。人は日蓮宗、法華宗と聞くと、釈迦仏教の下《もと》に派生している流派の仏教と思っている。仏教と仏法の違いが、そこにお互いの誤解が存在しているのだ。誤解や思い込みは、理解の第一歩なのだ。誤解は、独り合点の思い込みから生じるものなのである。

福島洸一にとってみれば、銃弾の下を潜ってきた者からすれば、嘴《くちばし》が黄色い小鳥が何を言うのか？　と腹の底では笑わずにはいられない。世間知らずのお嬢様方だ。その分人間の美しさがある。心が清く素直なのだ。

釈迦仏教が白法隠没《びゃくほうおんもつ》を唱えている。とどのつまり、末法の終わりには、釈尊（釈迦）の正しい仏教が滅びて、功力《くりき》がなくなると曰うのである。

大集経、巻五十五には、釈尊の仏教の功力のある期間は、釈尊の在世中と釈尊滅後の二千年間で、その後は末法と言い、釈迦仏教が白法隠没すると書かれてある。つまり、末法に入りては、釈迦の生まれ変わりの日蓮が、末法思想により平安後期から鎌倉時代にかけて流行する。末法万年尽未来際《まっぽうばんねんじんみらいさい》に通用する、御本尊様を書き表したのである。これにより、日蓮仏法が釈迦仏教に取って代わるという教えである。

その座談会場に集まった、学生部の中心的メンバーは、岡林重光といった。池田大作先生を師と仰ぎ、素直に御本尊に向かい唱題を続けている。リーダーと言われるだけに、一度どんと坐れば、軽く一時間は唱題を続ける猛者である。それというのも、人知れず小さな悩みを持っていた。というのも、好きな彼女がいるのだが、将来をと考えているのであるが、彼女の父親が大の学会嫌いなのだ。創価学会という得体の知れないものには耳を貸さないのだ。

それでも岡林は、彼女を諦めることができなかった。将来の夢を語り、彼女の父親に一級建築士の資格を取得すると公言して、免許取得の暁《あかつき》には、二人の結婚を認めてくれるように願い頑張った。今では卒業を手にし、一級建築士の免許も取得して、事務所を開設している。この岡林の有言実行に彼女の父も折れて、岡林について信心をしているのである。

しかし福島洸一は、自分とずいぶん違った環境のもとで過ごす彼らとは違い、国を守るという大きな使命感を持って行動している。通信教育の学生であって、海上自衛隊の予備自衛官の登録をしている。理論よりも実践が大切と考えているのだ。

日蓮仏法は、下種仏法で、ゆっくりと日長に思えばいいのである。この男子部、女子部学生部の活動の基本は、多くの人に、この素晴らしい日蓮仏法について理解してもらうことだった。いつの時代でもそうだが、世の中、何かこう新しいことに対して変な不評や偏見が先走ったところから多くの誤解を生んでいるのだ。学生部のみんなは、誤解は理解の為の第一歩と心得ている。

経営学において、販売員がお客様から、断られ時が販売の第一歩としていることと同じことだ。宗教の勧誘と品物の販売、保険の勧誘とを同一視することについては、いろいろな意見を各人は持っているだろうが、私から言わせれば、五十歩百歩であると考えるのだ。少々の、少しの違いはあっても、本質的には同じであるということである。庶民的には、どちらも似たり寄ったりということである。

それだからこそ、誤解に出会うと、小躍りしたものである。「誤解者、見っけ！」。誤解者は、過去において、一度は日蓮正宗、創価学会の話を聞いたことがあるのだ。自分の身近に日蓮正宗の創価学会の会員がいて、その生活態度や世間との振る舞いについてじっと見ていて、何をしてんのんや、そんなことあるか？　とただ、ただ、人の振る舞いをじっと見ていて、日蓮宗の日蓮仏法を理解しようとはしないのだ。学会員の一人一人の生活態度についての責任は重いといえる。「仏法見ずして、人の振る舞いを見ている」のである。

女子部の学生達は、世間の人達の偏見を払拭しようと、懸命に笑顔一杯の明るい生活態度を心掛けている。中でも泊博子、美人だ。どこに出しても恥ずかしくない確《しっか》り者で、意志が強く堅実な考え方の持ち主だ。日蓮の「遺文書、御書」を心肝に染めている。学識豊かな女子学生だ。

人との対話の中で、その人の悩みは、「ここ、御書の何頁です」と即答ができるのだ。泊博子が在日系の渡来人であるということを、本人以外誰も知らない。学会ほど、会員、一人ひとりの平等を貫いている社会はない、日蓮正宗、創価学会は、何の区別、差別もしない、人間主義の団体である。人を区別、差別する方がおかしいのだ。この泊博子の教学は素晴らしい。日蓮大聖人の御書をしっかりと、ほぼ完璧に暗記している。何かあれば、「それは何頁です」と。

さすれば、創価学会の大きな弱点、あるいは欠点は何なのだろう。昨日まで、宗教の「宗」の字のことさえ無縁だったものが、本日入信しました。即南無妙法蓮華経と口に唱えて、他の宗教者、寺の住職等に、押しかけて頭からその相手の人達に邪宗徒呼ばわりして、人を罵《ののし》ることである。住職である坊さんといえど、自己の宗派においてそれなりに、宗派内において、毎年、修行しているのである。それを急に創価学会の会員になったからとして、面と向かって、ひどい言葉で悪口を言ったり、声高に非難したり、罵倒するのは如何《いかが》なものであろうか？　そのことは、保険会社に入って入社したての社員が、点数獲得の為に走り廻る姿に大変よく似ている。

釈迦仏教の立場にある者もそれなりに、修行していることを理解して、尊敬すべきものがある。人間として、人としてのお付き合いを忘れてはいけないのである。

そのことをしっかりと胸に秘めて、岡林重光、山崎弘雄、泊博子、山本美紀、末川恵子等の学生部の面々は、人としての道を歩むことにしている。日常生活において「御本尊様」に向かって、朝夕の勤行、唱題行に励むのである。無理解の人には、一日も早く、仏法に目覚めてくれるように祈っている。

その勤行の時の教典は、『勤行要典、方便品・自我偈』（創価学会版）を使用している。方便品、自我偈を読了して、次に〽南無妙法蓮華経と心行くまで唱題する。この唱題行の中で、各自の面々は、教典をはっきりと自覚している。

教典の方便品の中に、次のような一行の言葉が見受けられる。それが「令離諸《りょうりしょ》著《じゃく》」と、いう言葉である。

舎利弗《しゃりほつ》よ（智慧第一と称される。舎利子よ）
吾従《ごじゅう》 成仏《じょうぶつ》已來《いらい》（吾れ成仏してより已來《このかた》）
種種因縁《しゅじゅいんねん》（種種の因縁）
種種譬喩《しゅじゅひゆ》（種種の譬喩を持って）
廣演言教《こうえんごんきょう》（広く言教を演べ）

無數方便《むしゅほうべん》（無数の方便を持って）
引導衆生《いんどうしゅじょう》（衆生を引導して）
令　離諸著《りょうりしょじゃく》（諸《もろもろ》の著を離れしむとある）

〽妙法蓮華経、略して、法華経というものは、霊験あらたかであることだ。不思議だ。だから焦りは禁物。学生達はしっかりとそれを心得ている。そしてその自分達の信じる法華経というものは、「下種仏法《げしゅぶっぽう》」なのである。初めて、法華経の話を聞いて、〽南無妙法蓮華経と唱えたならば、いつかは開花して、法華経の信者となって活躍するのだ。

『勤行要典、方便品、自我偈』には、はっきりと、方便品に、ただ一行、そして一言、「難解難入《なんげなんにゅう》」と明示されている。慌てることはないのである。が、いろいろと機会をとらえて、静かに話はしてあげることだ。世間の皆様は食べず嫌いなのだ。例えばお隣り、中華人民共和国を訪問して正餐《せいさん》に呼ばれて食卓に着くと、歓待の徴《しるし》に蠍《さそり》の空揚げが出される。空揚げでどういうことはないのだが、一瞬、卓《テーブル》を前にして、人々は絶句してしまう。中国の国内では三百種類の蠍がいて、大きい蠍はそうでもないが、小さい蠍が毒を持っているのだ。尻尾の爪を千切って頭から食べればいいのだ。美味しいよ。法華経も蠍の空揚げのようなものだ。尊敬の念でもって早く仏法に目覚めさせることである。

女子学生部の何人かは、関西出身の人達である。泊博子、末川恵子、赤澤敦子等の面々が、大阪で何か創価学会の催しがあれば、常に連絡を取り合って参加する。

そんな中で、不思議なことが起きた。それは、福島洸一の母に会合の参加を呼びかけて自分達や会員の姿を直《じか》に見てもらうことだった。百聞は一見に如《し》かず、のそれである。菊江は学生部に誘われるまま、昼間ポツネンと家で過ごしているよりも、参加して人の話を聞いたりしていると唱題に接することが多くなってきたのである。息子の洸一は頑として首を縦に振らないが、母の菊江の方がより積極的に未入信なのに月一回の座談会にも喜んで参加したのである。

会合は、時間通りに進められるが、集まった会員さんは、自分の体験をあからさまに、包み隠さず打ちあけて話すのである。そうして、参加者の支えによって唱題に励むようになってきたのだ。座談会の皆さんから、たとえ、三カ月間でも、唱題に精を出すようにしたらどうですか？　と勧められた。「唱題と言っても、一人ではなかなか難しいものです。この平井君子さんの会場で、皆んなで集まって、福島さんを応援します」と言ってくれた。また菊江は、珈琲が好きなので、末川恵子の喫茶店「こころ」の二階、仏間で御本尊に向かって、思いっ切り声を挙げて幸福になりたいと密かな願いを込めて、唱題してみた。

大きく息を吸って、小さく息を小出しに「〽 南無妙法蓮華経、南無妙法蓮華経」と唱えることは、体操の深呼吸に匹敵するものである。唱題行は健康体操に他ならないことに気付いた。そして、心に念じたことが実現する。正に、「念ずれば、花開く」のである。唱題することで、体がほこほこ温かくなってくる。唱題することが、こんなに楽しいとは、考えてもみなかった。不思議だ。驚いた。なんだか自然と笑顔が翻《こぼ》れた。如是相が美しくなってきている、自分では分らないけど他人にはあの人なにかあったのかと笑顔が絶えない。

或る日のこと、会場に集まった者が誰言うともなく、泊博子、末川恵子、赤澤敦子、平井君子といった面々が、

「福島さん、今日は福島さんを中心にして唱題をしてみましょう」

福島菊江は驚いて、

「えっ、私がどうしてええかわからへんで、困るわ?!」

「大丈夫、私らが付いてます。小さい声でやり方を説明します。安心して」

「そう！　ほんなら、やってみよか？」

菊江は皆んなから、励まされて、鈴の棒を握った。そして、鈴の横腹を三度、ゴン、ゴンゴンと叩いて、お題目を三唱した。会場の皆んなも、打ち揃って、爽やかな声で、「南無妙法蓮華経、南無妙法蓮華経、南無妙法蓮華経」と三唱の声が会場に響いた。そして、福島菊江を中心に、会場の面々は、御本尊様に、この中心者が法華経に縁してくれますようにと祈りつつ全員、声を揃えて楽しい唱題がリズミカルに響き渡っていく。この勤行、唱題の練習は、幸福の絶対的な境地へ入っていくものである。幸福への道だ。笑顔への道だ。

御本尊様の前で、「方便品、如来寿量品の自我偈」が済んで、鈴を叩いて、「〽南無妙法蓮華経」と会場の者が、導師の菊江に従って、一斉に声を揃えて大合唱となった。一刻、一刻と唱題が続き、いつもの時間より、長く感ぜられた。菊江は足が痺れてきて、内心どうしたものかと迷ってきて、どうにもこうにも辛抱し切れず、何気なく、右手元にある、鈴の叩き棒を握って、一尺もある大きな鈴の横腹を思い切り、ガンと力一杯叩いたのである。すると、どうであろう、全員の唱題の声が、あら不思議、ピタッと止んでしまった。菊江は、「あ～あやれやれ」と思った。横の介添え役の末川恵子が、福島菊江に叩き棒をもう一度握らせて、鈴を叩いて、お題目を三唱して終わった。

拍手が起きた。皆は未入信ながら、今日の福島菊江の勤行の姿勢は、何年も信心を続けている会員以上の姿だ。誰言うともなく笑顔の笑い声が洩《も》れ、会場は華やいだ。

一息入れて休憩しようということになり、呼び鈴で階下の喫茶店へ、二階へ珈琲をお願いします。階下のカウンターの中で、アルバイトの店員さんに階段の下に脱がれてある靴を数《かぞ》えさせた。店長、十足です。よっしゃ了解、カウンター横のエレベーターで、伝声管を使って、珈琲上がるよ、受け取って、上からは、元気な声が、ハーイ、お願いします。

勝手知ったる、他人の我が家、各人、手なれたもので、卓を用意する者、珈琲茶碗を揃える者、洋盃《コップ》を出してジャーから氷水を入れていく者と、手際の良さはさすが仲間内ということですることが早い。二回目の伝声管から、「オーイ、お菓子だよ！」と丸いバウムクーヘンの塊が上がってきた。人数分の小皿もきた。皆んなが、「福島さん、ありがとう。福島さんの御蔭《おかげ》で、今日は珈琲セット、ありがたいわ」と、口々に好きなことを言って、珈琲と小分けされた洋菓子を食べたり、珈琲を飲んだりと、唱題以上に賑やかだ。

泊博子は教学が抜群。会員の悩みを聞いて、「あっ！　そのこと、御書全集の何頁を読んでみてと」智慧第一の女性である。

末川恵子、この女性もなかなか信心の塊で、感が鋭く、秘書にするには絶対この人である。「宮仕えをば、法華経とおぼしめせ」と、弘経《ぐきょう》に励む、人呼んで「弘経菩薩」である。

赤澤敦子は勉強家。高校時代、英語が苦手で創価大学の法学部に進んだものの、英語が苦手ときて、夜、我が父に相談したら、父はあっけらかんとして、悩みを聞くだけ聞いて最後に答え一発。

「何も英語にこだわる必要はない。君、ローマ字やったら、読めるでしょ。そうしたら、歴史のあるスペイン語の方を学んだらええねん。出てくる文字、ローマ字読みでええねん」

「ふーん、そうなんや！　父ありがとう、ローマ字やったら読めるわ、なーんやなんで悩んでたんやろ、あほらし、馬鹿みたい」

そして部活でラテン文化研究会に入って、メキシコ、アルゼンチンへと出かけていった。クラブでは、あんな赤澤敦子が、学校推薦でアルゼンチン大学へ語学研修に行けるんやったら、俺らも推選願書出してみようと、留学熱に火を灯したのである。

留学経験を基に卒業すると、ラテン文化研究会の先輩で外務副大臣になった、東祥三議員の私設秘書をして過ごしたが、私設秘書の身分は何もない。ボランティア（滅私奉公）である。そこで、これからは手に職を付けておかないと、と一念発起して、国立の看護学校を受験して、看護師、助産師の免許を取得した強者である。「妙法の助産師」だ。

三浦佐知子、妙子の姉妹は、仲良しで、地域で新聞啓蒙。朝早くから、池田先生の御手紙だと肝に命じて、雨の日も風の日も雪の日も新聞配達をこの方十年以上も続けている。池田先生の広布の御手伝いをさせていただくのだと、どこを切っても、〜南無妙法蓮華経の文字しかでてこない「法華経飴」だ。

泊博子は、暇を見つけては福島菊江を訪ねて、共に聖教新聞の「名字の言」を二人して帳面に書き写すことにしている。二人して「名字の言」を声に出し、二度精読している。

福島洸一は、夏期講習で友の岡林重光、山崎弘雄といった寮での同室者から、仏法の話を聞いたが、すぐには、色よい返事をすることができなかった。それは、福島洸一にしてみれば、梅原猛の著書の一つ、仏教についての話が書かれてあるその著書の方がわかりやすかったので、それを読んでそれなりに理解しているつもりだった。友との話し合いの中で、少し友とは理解について格差があった。

だが、山崎弘雄も岡林重光も、福島洸一に対して、日蓮の考え方を理解してもらう近道を二人して思いついたのだ。学問に王道あり、王道には近道ありだ。あれこれ、論じ合うことは無いのだ。それは、漢文獲得の最短の近道でもあった。つまり、日蓮が書き表した『立正安国論』である。これは鎌倉時代の仏教書だ。

文応元年（一二六〇）に成立し、鎌倉幕府の執権北条時頼に呈上したものである。当時の社会の出来事、天変地異は法華経に背いた結果であると断じたのである。正法すなわち法華経こそが全てであり、法華経を信じて国政を行わなければ、安国にならないと、問答形式で客と主人《しゅじん》との対話によって述べられたものである。対話形式は日本初。

現在では、文庫本として、講談社学術文庫に納められている。現代文の読み下し文が前半で、後半に漢文の『立正安国論』が掲載されているのである。文中、名文句がたくさん鏤《ちりば》められている。読む人の心を打つこと間違いなしである。素晴らしい文章である。

山崎弘雄、岡林重光の二人は、『立正安国論』の文庫本を福島に読んでもらうことにした。福島洸一も法学部に在籍していても、漢文は行く行く何かの拍子で必要になるかも知れないと思った。ただ、躊躇《ちゅうちょ》するのは、人としての生き方であった。

座談会に集う入信者の新人会員は、自分で目覚めたんだ、日蓮正宗の会員になったんだと、本来の家の仏壇に御参りにくる、お寺の住職を、見事に手の平を返すように、

「お前は、邪宗のクソ坊主だ！」

と罵《ののし》って、相手を小馬鹿にするという態度は、人間として、人として生きるのに、いかがなものかと考えるのである。


奈良に西大寺という東大寺に対称する由緒あるお寺がある。その西大寺の住職に佐伯俊源さんという立派な御僧侶の先生がおられる。

福島洸一が梅原猛を尊敬する以上に、尊敬する人がこの佐伯俊源である。佐伯先生は一応、宗派の中において、僧侶としての修行をされて現職に就かれている。また、暇を見付けては、綜藝種智院大学で教鞭《きょうべん》を執っておられる素晴らしい人格者だ。それ故、そのような人を、入信したての、年の端もいかない若者が、

「こら！　お前は邪宗のクソ坊主だ！」

と、何んだ、かんだと罵ることはいかがなものであろうか？

福島洸一はそう考えるのである。

今日のところは、取り敢《あ》えず、座談会の会場を辞した。福島洸一は、今の若い人達の考え方というものを、教えられた気持ちだった。そのような、様子を江戸時代の川柳にすでに詠んでいる。繰り返しになるが再記する。

〽　宗論は　どちらが
　　負けても　釈迦の恥

物の見方が、本当の姿を変えるのである。寮に帰ると、福島洸一は、自分の勉強不足を痛感した。座談会の中で聞いた、日蓮の著書、『立正安国論』を、早速読んでみようと決意した。我が人生の生き方をひょっとすると変えるかも知れないと思った。まだまだ、若い者には、負けたくないという思いもあった。我が人生はこれからだ。世の為、人の為、清く、美しく、我が人生を飾るのだ。一度切りの人生だ。何事も、こうと決めたら徹底的にやらないと気が済まない性分だった。

明くる日、大学内のロアールの学食でランチを食べていると、泊博子が笑顔で近寄って来た。「昨日はどうも」と笑顔の挨拶があった。他に、末川恵子、山本美紀、山田佐和子、工藤和子といった仲良しが集って、福島洸一のテーブルを取り囲むので、他のテーブルの男子学生は羨ましそうにポカンと見ていた。洸一もこの女性軍団には、まるで達磨だった。手も足も出せなくて、彼女らの口説には、何も返事が返せない。口達者な女性軍団だ。福島洸一は、食事をしながら、

「いや！　昨日はどうも、皆さんには脱帽です。すごく勉強されているんですね。僕の方は、これからですわ。『立正安国論』について、早速、駅前のクマザワ書店に出かけてみようと思います」

そう言うと、泊博子と山本美紀が顔を見合わせ、

「そう！　福島さんが、『立正安国論』を読んで下さるなんていいことです。何よりも嬉しいですわ」

と顔を輝かせた。福島洸一は、

「今日の講義が終われば、八王子駅前に出かけます」

すると山本美紀、文学部日本文学専攻が、

「福島さんね、講談社の学術文庫を求められると思いますが、私もその文庫本で、独

学で漢文を習得したんですよ。正直に言って、三日間、四時間ずつの時間を割いての漢文漬けでした。学生にとっては、最適の文庫本ですね。詳しく言いますと、佐藤弘夫著、日蓮『立正安国論』講談社学術文庫です。漢文の修得には持ってこいの本だと、私は思っています。

その内容は、最初に『立正安国論』の解説があります。そして、その結論は、『仏法を基本に据えた正しい政治によって、理想社会を実現するか、に迫ったのである』と、日蓮の考えが述べられていますよ。そして、続いて、『立正安国論』の読み下し文があります。その読み下し文に対して、現代語訳が付けられています。とってもわかりやすい文章です。そして、文庫本の最後の部分に、原文の漢文が掲載されています。

これからが、学生にとって本当の闘いが始まります。一日、四時間として、三日、三晩の時間との闘いになります。Ｂ５版、あるいは、Ａ４版の帳面を上下二ツ折りにして、上段に漢文を書いて、下段に読み下し文を書きます。例えば、以下のようになります」

『立正安国論』　　『りっしょうあんこくろん』

旅客来嘆曰
自近年至近日
天変・地夭
飢饉・疫癘
遍満天下
広迸地上
牛馬斃巷
骸骨充路
招死之輩
既超大半
不悲之族
敢無一人。
然間、
或専「利剣
即是」之文
唱西土教主之名

旅客来《りょかくきた》りて嘆《なげ》いて曰《いわ》く、
近年《きんねん》より近日《きんじつ》に至《いた》るまで、
天変《てんぺん》・地夭《ちよう》
飢饉《ききん》・疫癘《えきれい》
遍《あまね》く天下に満《み》ち
広く地上に迸《はびこ》る。
牛馬《ぎゅうば》、巷《ちまた》に斃《たお》れ
骸骨《がいこつ》、路《みち》に充《み》てり。
死《し》を招《まね》くの輩《ともがら》
既《すで》に大半《たいはん》を超《こ》え、
之を悲《かな》しまざるの族《やから》
敢《あえ》て一人《ひとり》も無《な》し。
然《しか》る間《あいだ》、
或《あるい》は「利剣《りけん》
即是《そくぜ》」の文を専《もっぱ》らにして
西土教主《さいどきょうしゅ》の名《な》を唱《とな》え、

或恃衆病
悉除之願
誦東方如来
之経
或仰病即消滅
不老不死之詞
崇法華真実之
妙文、
或信七難即滅
七福即生之句
調百座百講
之儀
有因秘密真言
之教
灑五瓶之水
有全坐禅入定

或《あるい》は「衆病《しゅびょう》
悉除《しつじょ》」の願《がん》を恃《たの》んで
東方如来《とうほうにょらい》の経《きょう》を誦《じゅ》し
或《あるい》は「病《びょう》即消滅《そくしょうめつ》、
不老不死《ふろうふし》」の詞《ことば》を仰《あお》ぎて
法華真実《ほっけしんじつ》の
妙文《みょうもん》を崇《あが》め、
或《あるい》は「七難即滅《しちなんそくめつ》、
七福即生《しちふくそくしょう》」の句《く》を信じて
百座百講《ひゃくざひゃくこう》の儀《ぎ》を調《ととの》え、
有《ある》は秘密真言《ひみつしんごん》の教《きょう》に因《よ》りて
五瓶《ごびょう》の水《みず》を灑《そそ》ぎ
有《ある》は坐禅入定《ざぜんにゅうじょう》の儀《ぎ》を全《まっと》うして

之儀
澄空観之月、
若書七鬼神之号
而押千門、
若図五大力之形
而懸万戸、
若拝天神地祇
而企四角四堺
之祭祀、
若哀万民百姓
而行国主国宰
之徳政。
雖然、唯摧肝胆

空観《くうかん》の月を澄まし、
若《も》しくは七鬼神《しちきじん》の号《ごう》を書して
千門《せんもん》に押し、
若しくは五大力《ごだいりき》の形を図《ず》して
万戸《ばんこ》に懸《か》け、
若しくは天神地祇《てんじんちぎ》を拝して
四角四堺《しかくしかい》の祭祀《さいし》を企て、
若しくは万民百姓《ばんみんひゃくしょう》を哀《あわ》れんで
国主国宰《こくさい》の徳政《とくせい》を行う。
然《しか》りと雖《いえど》も、唯肝胆《ただかんたん》を摧《くだ》くのみにして

弥逼飢疫。
乞客溢目死人
満眼。
臥屍為観並尸
作橋。
観夫、
二離合璧
五緯連珠。
三宝在世
百王未窮
此世早衰
其法何廃。
是依何禍、
是由何誤矣。

弥《いよいよ》飢疫《きえき》逼《せま》る。
乞客《こっかく》目に溢《あふ》れ死人
眼《まなこ》に満てり。
屍《かばね》を臥《ふ》して観《かん》と為《な》し尸《しかばね》を並《なら》べて
橋と作《な》す。
観《おもんみ》れば夫《そ》れ、
二離《にり》璧《たま》を合《あわ》せ
五緯《ごい》珠《たま》を連《つら》ぬ。
三宝《さんぼう》世《よ》に在《いま》し
百王《ひゃくおう》未《いま》だ窮《きわ》まらざるに、
此《こ》の世《よ》早《はや》く衰《おとろ》え
其《そ》の法《ほう》何《なんぞ》廃《すた》れたるや。
是《こ》れ何《いか》なる禍《わざわい》に依《よ》り、
是《こ》れ何《いか》なる誤《あやま》りに由《よ》るや。

主人曰、
独愁此事、
憤悱胸臆。
客来共嘆
屢致談話。

主人《しゅじん》の曰《いわ》く、
独《ひと》り此《こ》の事《じ》を愁《うれ》えて
胸臆《くおく》に憤悱《ふんぴ》す。
客来《きゃくきた》りて共《とも》に嘆《なげ》く、
屢《しばしば》談話《だんわ》を致《いた》さん。

このように山本美紀は、福島洸一に親切丁寧に、『立正安国論』の最初の部分を説明した。福島洸一は、わかり安いのだけれど、急にどんどんともってこられても面喰らうばかりだった。

余談になるが、この山本美紀は韓国南東端の港湾都市で、古来より日韓交通の要地釜山《プサン》からすぐそこの対馬の出身で、早くから本土へ単身でやって来て、創価大学、大学院と進んで博士号を取得した女性である。背は高く、スラリとしたモデルのような洋装で、周囲の者はその美しさに見とれてしまう次第である。

その山本美紀に説明を受けている福島洸一は、果報者《かほうもの》だ。洸一は、美紀の説明のとおり、まずは読了してみようと決意した。内心、福島洸一は嬉しかった。山本美紀の口振りは、姉が弟に諭すように言ってくれたからだ。山本美紀は、自分の知っていることで、誰かの役に立つのであれば、自分の経験を惜しみなく披露した。

この山本美紀は、素晴らしい人格者だ。日本の学生を教えるように中国へも出かけ、中国の学生達にも教え、日蓮正宗創価学会、名誉会長池田大作の著書を紹介している。また池田先生の素晴らしさは、敦煌《トンコウ》の遺跡の入口に大きな看板が立てられて、莫高窟の見学者の目に触れている。

師と共にある。師の世界、平和への実現の万分の一でも、お手伝いができたらと学問の分野から一生懸命努力している。日蓮正宗の、オルレアン（Orléans）の少女、ジャンヌ＝ダルク（Jeanne d'Arc）である。救国の神託を、御本尊様から受けている人である。

福島洸一の創大での思い出話しは、これくらいにして、現在の寿司屋の話しに戻ろう。

「注文が入ります。麦酒一丁、コップ二杯、今日の盛合せ二人前」

カウンターの中では鸚鵡《おうむ》返しに、

「はいよ！　麦酒一丁、はい、コップ二丁」

景気のいい賑やかな声が店に響いた。

それをアラレチャンの信子が重見警部のところへ運んだ。

「はい！　おまたせしました」

麦酒、コップをテーブルに置いた。コップは冷たく冷やされている。瓶の麒麟麦酒が、重見の手から女番長相川真由美のコップに注がれて、上の方に沫《あわ》が乗った。重見は左手にコップを持って、自分で瓶麦酒《びんビール》を注いだ。注ぎ終わると、ぐっとコップを右手に持ちかえて、真由美に差し出し、笑顔で、

「まずは！　乾杯といこう。お目出とう、長い間、ご苦労さんでした」

真由美は黙って、瞳をパチクリとしていた。チンとコップを当てられて、一気にグイーッと飲み干す。この最初の一杯の喉越しはなんとも言えない。悩みのない、この一杯は、麦酒が飲めることの最大の至福の時だ。

女番長相川真由美は、和歌山帰りだ。重見俊三警部は、掏摸仲間からは鬼刑事と恐れられているが、この重見に世話になって更生した者も多くいる。更生場所は、町中ではなく、人里離れた里山の村を紹介した。山では何かと雑用が多い。田畑の作物の

世話、川では鯎《うぐい》の小魚や山女魚《やまめ》捕り、山へ入れば杉林の間伐《かんばつ》作業、杉皮の採集、間伐材での割り箸の製作など。また、楢《なら》や櫟《くぬぎ》などの木で炭焼きをして暮らす。

里山の村ではそれ相当に、行かず後家というか、行けず後家が一人や二人はいるもので、重見は村の長《おさ》とよく相談をして、見合い結婚にまで漕ぎ着けて見守り続けた。下手に町中で世話すると、昔の仲間が忍んで来ると厄介なのだ。また、元の道に戻ってしまうのである。偸《ぬす》みは心の病いだ。死ぬまで治ることはない。精神的にそんな因子を持っている。その因子の原因が偸みという結果を招くのであるが、刑法ではいとも簡短に、因果関係として片付けるが、法律の関係者は大馬鹿の一言に尽きる。

つまり、孟子《もうし》は「性善説《せいぜんせつ》」を説いたのである。

【性善説】＝人間にはもともと、善の端緒《たんしょ》がそなわっており、それを発展させれば徳性にまで達することができる――と曰うのである。

それに対して、荀子《じゅんし》は「性悪説《せいあくせつ》」を説く。

【性悪説】＝人間の本性は悪であり、たゆみない努力、修養によって、善の状態に達することができる――と曰うのである。

このように、心の二面性を持ち合わせているのが人間なのである。誰でも、偸みの心は持ち合わせているが、どうして掏摸だけが頻繁に事件を起こすのかというと、忘れていけないのが、仏教用語で使用される「縁《えん》」という言葉である。因果関係に出る結果を生じさせる直接的な原因に対して、「縁」は間接的な原因なのである。直接的な原因を助成して結果を生じさせる条件や事情を指すのである。「縁は異なもの味なもの」だ。

悪事を働くことに魔が差した、そのようになる巡り合わせ、というような物事《ぶつじ》との関わり合い、関係を言う。この「縁」の働き方が、人によって、強く出て犯罪行為に手を染めるか、否《いな》かを決めるのである。

性善説の孟子は、前三七二年頃~前二八九年。中国、戦国時代の思想家。山東省鄒《スウ》の人で、名は軻《カ》。字《あざな》は子輿《シヨ》。仁義王道による政治を説き、自らは孔子の継承者をもって任じた。「性善説」、「易姓革命説《えきせいかくめいせつ》」を唱えた。後世、「亜聖《あせい》」と称された。

【易姓革命】＝中国古代の政治思想。天子は、天命を受けて国家を統治しているが、天子の徳が衰えれば、天命も革《あらた》まり、有徳者（他姓の人）が新たに王朝を創始するとするもの。

性悪説の荀子は、前三一三年頃〜二三八年頃。中国、戦国時代の趙《ちょう》の思想家。名は況《きょう》。荀卿《じゅんきょう》と尊称される。斉《せい》の祭酒となり、のち楚《そ》の春申君に仕えた。孟子の「性善説」に対して「性悪説」を唱えた。また、荀子は、中国、戦国時代の思想書のことである。二十巻。三十二編からなる。荀子の著書は、「性悪説」の立場から、礼法による道徳の維持を説いたものである。

因《ちな》みに、祭酒とは、昔、中国で宴会などの時その席で最も身分の高い年長者がまず酒を供えて、地の神を祭ったことをいう。また別の意味では、昔の中国での学政の長官を意味した。唐の時代では大学頭《だいがくのかみ》をいうのである。

警部重見俊三は、「性悪説」を採用している。それを踏まえて、掏摸を更生させて、新しい人としての道を歩むように蘇生させるのだ。里山で自然と交わって静かな生活に慣れると、腰が落ち着く。ましてや、子宝に恵まれるとしめたものである。

「君よし、我よし、社会よし」と、丸く納まる。このような人の世話は、重見俊三が一人で行っている。府警本部の上司にも一切報告していない。報告すれば、電話一本で府警本部から他府県の本部へ連絡が行き、村の駐在所の巡査が足繁く通い出すという始末におけない事態になるので、重見は無言を貫いた。遠くから、そっと見守っているのだ。

それ故、多くの更生者は、重見のことを観音様と呼んで憚《はばか》らなかった。感謝された。相川真由美のような渡来人の宿命を背負っている者は、なかなかこの現実の社会では受け入れてもらえず、無言の区別、差別の壁が立ちはだかっている。それでやむなく好むと好まざるにかかわらず、悪の道を歩む者が出てくるのである。その辺りのところを重見はよく注意して更生させてきた。辺鄙《へんぴ》な山間の村の長になって、社会に貢献している者もいる。そのように重見は、お天道様の下で働く喜びを無言で教えているのである。

大阪府警捜査三課では若手の育成に務めるが、重見とペアを組む若手の刑事からは、警部重見俊三は不人気だった。掏摸の逮捕は現行犯でなければならず、一種の職人技である。職人は黙って他人の仕事ぶりを見て、その技術を盗むのである。

重見は若手に俺の技術を盗めと暗黙の内に了解している。それは映画のように、映像で映せるものではない。口で言ってもわかるものではない。「今から掏摸が盗みに入ります。ようござんすね。いいですか?」とスローモーション（slow motion／動作がゆっくりしていること。映画の場面で、高速度撮影したものを普通の速度で映写をすると、画像の動きが実際よりゆっくりと見せることができる）のように、秒刻みで動いてくれるわけではない。

重見警部は、「掏摸は、一種の心の病いである」と思っている。それゆえ重見は、「性悪説」を採用して、道徳でもって心のケア（care）、配慮、世話することが大切だと考え実行しているのだ。その精神は、「罪を憎んで人を憎まず」である。

ペア（pain／二人で一組になる）を組まされた相手方の若い刑事は、警部から離れて、じっと重見を見続ける。それを重見は嫌った。箱の中で若い男がじっと重見を見つめる。箱とは電車などの車両のこと。

掏摸仲間は、箱には前後、中のドア（door）から乗り込んで、犬の目線を気にかける。これはと思う男がいれば近づいて、その男の目線を閉じてしまう。その男の気を自分に向けさせるのである。その男の靴はどうか、背広は?　普通の勤め人か?　こんな戦戦恐恐な状況なのに、新米の若手の小犬は、大声で重見さんと呼んでみたり、重見に対してじっと目線を凝らして見つめていたりする。するとそれを察知した箱師

（電車専用の掏摸）は、さっと次の駅で降りて、人通りの多い商店街などへ散って職場を変えてしまう。自分を捕まえようとする犬や小犬が、箱に乗ったまま移動して行ったので、しめたものだ。こうしてしばらくの間商店街は、安心して仕事ができる絶好の環境になるのだ。

こんな時重見は、さっと電車を降りて、ペアの小犬を置いてけ堀にする。しかしたまに若手の刑事も一緒に付いて降りてくることがある。そんな時は、馴染みの行きつけの喫茶店に入って、珈琲を飲んで休む。一口、二口珈琲を啜《すす》ると、カウンター（counter／帳場）のママにそっと珈琲代を置いて、「トイレ貸して」と手洗いに消える。若手は重見がトイレに行ったものと思い、店内の電視台《テレビ》に見とれている。重見警部は、アメリカ映画よろしくトイレを利用して、若手の小犬を撒《ま》くのである。その店のママとは昵懇《じっこん》で、手洗いの奥の店用の札のあるトイレがママ用で、扉がママの帳場の抽《ひ》き出《だ》しにボタン（botan／葡萄牙、button／英語＝鈕釦）が設置されていて、それを押すと自由に開けて入れるが自動的に閉まってしまう。そして、壁の引き戸をそっと開けると露地裏へ出て、表通りの方へ出られるという寸法なのだ。

若い刑事は、重見がなかなか帰ってこないので、「あれっ?!」と心に疑念を持ちながら自分もトイレに入ってみると、誰もいない。小一時間待っても警部は帰ってこない。そうしてやっと撒かれたことに気付く始末だ。ママからは、「重見さんからは御代はいただいています」と言われて、若手は愕然とする。この愕然とする経験に対して、若手の刑事は独身寮に戻って、警察を辞めようと決意して上司に、「この度、一身上の都合により、警察官の職を辞することにしました」と退職願いを提出する。もう一方は、「クソ！　こげんなことで辞めるか！　石に齧《かじ》りついてでも、あの警部を見返してやる。今に見とれ！」と奮起する者とに分かれる。

重見が消えた。自分が煙《けむ》にまかれたことを知るのには時間がかかった。その代わりといっては語弊《ごへい》があるが、重見は縁日や催事場にこっそりと現れては成績を上げたが、若手にワッパ（手錠）を掛けさせて、調書も取らせて、若手刑事の成績とした。その事を上の者は知っていながら知らない振りをしていた。

重見警部がいよいよ、勤続何十年を迎えた卒業真近の正月、恵比寿神社の境内で捕まえた掏摸は超大物だった。最初、ワッパを掛けて、境内のテント（tent／簡易な家屋、天幕）へ連れていく時、重見は考えていた。

「この顔、見たことあるで、どこやったかな？」

確かに見ている。押さえている掏摸は、実は日本で最も有名な大親分だった。境内の天幕の事務所で面と向き会うと、相手は重見を見て笑っている。

「あんさん！　刑事《デカ》さんか？　御苦労さんでおます」

この声で、重見はわかった。

「そうか⁉　今朝も逢《お》うたんや！」

どちらかともなく、顔を見合わせて、

「アッハッハー」

「アッハッハー」

と二人は大笑い。笑い過ぎて、お腹が捩れるようだ。他の警察官達は、ただ二人を眺めているだけだった。

京阪、寝屋川駅で降りて、改札を右へ、北側に向かって行くと、大きな四階建てのビルがある。大阪府警察官の官舎だ。二ＬＤＫぐらいの広さの大きさで、大概の警察官は、安い家賃でここで暮らしている。重見は、月の内半月は出張で、半月はこの自宅から通勤して寝屋川駅から京阪電車で天満橋駅へ来て、府警本部まで歩いている。

それがだ、道路を渡れば、寝屋川駅というその道路に面した角の家がなんと、掏摸の元締の大邸宅で、西日本一帯の大親分であった。名は誰も知らない。表札も挙《あが》っていない家で、警部重見俊三に対しては、素直に西村誠と応えていた。この西村誠、人に対しては区別、差別をして、自分の出世欲のことばかり考えている男だった。
三、四米《メートル》の高さのある煉瓦塀の大きな邸宅で、一人暮らしをしていて、賄いは、馴染みの料亭の女将《おかみ》の推薦する店の娘を寄こしてもらっていて、炊事、洗濯、掃除をしてもらっていた。そして、朝の御飯が用意される間、寝屋川駅前の自転車置場や広場に出て、清掃をしているのだった。その時、重見俊三と大悪人西村誠が、擦れ違っていたのである。それも、お互い尊敬の念をこめて。
掏摸の大親分西村誠が声を掛ける。

「おはようございます。お勤めご苦労さまです。行ってらっしゃい」

重見も笑顔で応えながら、

「おはようございます。お掃除、ご苦労さまです」

と受けていたのだ。西村誠の顔を見ながら、

「わからんもんやな、え!!　毎日、あんたに、声掛けててもろてたんや」

しばし呆然！　開いた口が塞がらなかった。それにしても、

「人を見たら、泥棒と思え」

この御金言は、本当やったんや、高台の警察官の官舎の真下に、掏摸の大親分の屋敷――灯台下《もと》暗しだ。

「あ〜あ！　参った、参った」

重見は言葉にならなかった。朝な夕な、この屋敷の前を通っていたのだ。駅前を清掃している西村の姿は、駅前商店街の役員が奉仕活動をしてくれているものと思い、

「どうも、御世話になります。ご苦労さまです」

と挨拶をして、通り過ぎていたのだ。それが煉瓦塀の高い屋敷で、まさか目の前の御大尽の家とは……。わからんものやな。

重見は駅前の交番で、町内の家庭調査表を見せてもらおうと考えた。その元締の屋敷は、不思議な屋敷とは思っていたが、ただただ驚くばかりだ。その西村誠の邸宅は今も存在している。閑《ひま》のある人は寝屋川駅前だから見学してみるといい。

掏摸の親分といっても、悩みは尽きない。身内の子分が失敗して、別荘暮らしになれば、それらの者の面倒を見なくてはならないのだ。家族がいればそれなりの生活費の支出が馬鹿にならない。事件を起こせば、一応裁判を受けて、三食昼寝付の三畳程の部屋で過ごさなければならない。国選弁護人がついて、生活保護の申請をして、生活保護者として家庭を守ってやる。町に住めば人の口が五月蝿《うるさ》過ぎて、ましてや子供らがいると学校での苛《いじ》めの対象となって、惨めな状態になる。重見はそれを知っているので、山奥の静かな里山のお寺の従業員として、匿《かくま》ってもらうことにしている。

毎朝、本部に出勤して出勤票に記録すると、黒板に今日の予定を記す。京都、寺社巡り、と書いて簡単な打ち合わせをして、そっと抜け出す。それを知った、相方の若手は、慌てて重見の後を追うが、そこに重見の姿はない。出入口に向かうと見せかけて、上の階と四階の畳の間で少し竹刀を振って、今日の一日の計画を心の中で描いて一日の行程を考える。相方の若手は、重見が黒板に記した【寺社巡り】を頼りに、天満から京阪の特急電車に乗って三条駅へと移動するが、重見は天満から淀屋橋へ。しばらくは駅の腰掛けに腰をおろして、先刻、駅の店で買った新聞紙を広げて乗客の乗り降りを観察している。四、五人の団体を見つけると、その中の責任者を見つけておく。その団体は特急電車よりもローカル、普通電車を利用することが多い。年寄りなど扉近くで坐っている者が一番危ない。二、三人がその年寄りの前に立って囲むと、完全な密室状態になる。各駅停車だから、駅に着いて扉の閉まる瞬間、一人が手を出して、一度閉まりかけた扉を開けさせてさっと旋風《つむじかぜ》のように降りてしまう。一人が駅の厠所《トイレ》に駆け込み、財布の中身を抜き取って水洗の箱の中へ放り込む。そしてまた、次の普通電車に場所を変えて乗り込むのである。そしてまた、後ろの箱から前の箱へと移動しながら、これはと思うものを物色する。なかなかの芸当のいる仕事だ。

関西の風習では、初めて人に会った時の人物評価の仕方、方法が商人の間で言い伝えられているのは先にも書いた。

一ツ目、頭はちゃんと整髪されているか。

二ツ目、持ち物はどうか？

鞄については、敗戦後の時代では、ダレス鞄が上等であった。

【ダレス】（John Foster Dulles／一八八八～一九五九年）米国の政治家。一九五〇年にトルーマン大統領のもとで国務省顧問となり、対日講話条約の締結に尽力をした。一九五三年、アイゼンハワー大統領時代に国務長官となり、反共産主義政策を積極的に推進した。そのダレスが仕事用に愛用した鞄が「ダレス鞄」として人気を博したのである。

三ツ目、その人の靴を見る。踵の減り具合はどうか？

それによって性格をほぼ見抜くことができるのだ。

身なりは一応いいのだが目が、キョロ、キョロとしていて、落ち着きがない。そのような人は、人物評価はゼロ判定となる。そして、そのような人物は、相手にするような人物ではないとされているのである。

そのような人物評に照らせば、警部重見俊三という人物は、そこらに転がっている町のオッサンに過ぎない。「この人が警部？　本真《ほんま》か？」と誰でも思う。世の人々から刑事と思わせないのが、捜査三課の一番の務めなのである。


話を白駒の店に戻そう。

白駒で、重見が相川真由美と食事をして一息ついた頃、ちょっと店の方の客足が途絶えた時に、店長の福島洸一が奥の席へやって来た。福島は、近頃流行りの「愛があれば年の差なんて」という、親子のような二人に見とれていた。だが、福島が重見の職業を知れば、また違ったものになっただろう。重見は、身分を明かしていなかった。知らぬが仏である。相川真由美もその辺は心得えて黙っていた。

「店長、そうしたら、お先にあがらしてもらいます。今、風呂行きの用意をしてきます」

と言って信子は二階へ。しばらくすると、手拭い、石鹸《せっけん》、金盥《かなだらい》、大型のバスタオルを用意して降りてきた。そして一緒に住み込むことになった真由美に声を掛けた。

「真由美さん、お風呂に行きましょう」

呼ばれた真由美は黙って従った。二人は裏口から出た。空には月が出ていた。

重見は、

「真由美、お父さんはこれからまた仕事や、しっかり、頑張るんやで」

と言って二人を見送った。こういった仕事以上の親切は、重見警部一人だけの行為で、誰にも告げず、直隠《ひたかく》しにしていた。その善行の数々は、後に産経新聞の「近畿警察官賞」を受賞することになる。その善行が明らかになるのに、多くの歳月が流れた。重見の職場からは色よい反響はなかった。不人気だった。職場の不人気は、同じ刑事同士の妬みだった。外からは美しく見える警察の組織も、中へ入ればドロドロの汚い、悪臭の漂う、面従腹背《めんじゅうふくはい》の世界だ。鉄砲の弾《たま》は後ろから飛んでくるのだ。

こんな話がある。ある警察に、仲が悪い係長と部長がいた。ある時、二人一緒にパトロールに出かけた。現場から宿題をかかえて署に戻って来たのだが、部長が先に降りて、パトカーの後ろを横切って署の入口に行こうとした。普通運転手は、サイドミラー、バックミラーを確認しながら所定の駐車スペースにバックで駐車するのだが、そこは犬猿の仲の二人。部長が車の背後を横切ろうとするのをバックミラーで確認した係長は、無言でギアをリバースに入れ、アクセルを思いっ切り踏み込んだ。哀れ部長は壁と車の間に挟まれてしまった。すると係長は、挟まれた部長をそのままにして車に鍵をかけ、署の自分の席へ戻ったのだった。

席に戻った係長は、自分と部長の分のお茶を淹れて、部長の席にその一つを置き、自分の席で窓外の雲を見ながらゆっくりとお茶を啜る。部長の机では、お茶の湯飲みだけが、ポツンと湯気を立てている。

「あれ?!　部長は？」

と職場の者に聞かれた係長は、

「はて、おトイレですか？」

と、トボケると、

「阿呆ぬかせ！　部長は、おまえと一緒に出て行ったやんか？　なんで、おまえ一人ポツンと帰ってきたんや。車、一遍見て来い。車の中で部長寝てるんと違うか」

と、上司に言われた。すると係長は、言われるままさっき停めたパトカーに戻った。車と壁に挟まれた部長は、うつ伏せで動かなくなっている。それを確認した係長は、車に乗り込みエンジンをかけて、壁から五十センチの間を開けて駐車をし直した。部長はそのまま地面にずり落ちた。

席に戻った係長は、

「車の中、カラッポでした。どっか、同業で動いてはるんとちがいまっか？　そうしたら、今日はこなへんで、お開きにしましょうか？」

と言うので、皆んな、職場から官舎へ……。

第四話　西岡美代子のこと

驚くなよ。これは和暦だ。大正は七年のこと、あと一カ月で師走《しわす》を迎えようとする十一月七日、未明のことである。三重は名張の豪商、西岡商店に娘が誕生したのである。未明のこと故、明けの明星が残る、晩秋のそれも庭の紅葉もようよう色付き、雁が一抹の不安を残して南の空へと鳴き鳴き渡る刻でもあった。

この世に生を受けて、これからいかなる試練が待ち受けているか知らず、西岡美代子は、父の西岡常七と母の登良の長女として生まれ、産声をあげたのである。一家には、長男の實《みのる》、二男の保次郎、三男の睦男《むつお》、四男の澄明と、男子ばかりが四人のところへ、娘の誕生で姫様《ひい》が生まれたそうなと、小さな街に噂が飛び交った。

母、登良の凄いのは、自分一人で出産をして、出産の後の仕末も全部やって除《の》けて、平然として日常生活をしていたのだ。

父常七は出張から帰宅して、母と赤子が寝ているのを見ると、

「ほお！　生まれたかいね。どっちゃ!!　女子《おなご》が？　名は美代子とつけたって、ほな、体、大事にしいや」
と一言だけ枕辺《まくらべ》の二人に声を掛けると、また仕事に出向いて行った。

三重は藤堂藩が治めた地で、美代子の生家があったのは、伊賀上野郡伊賀村大字名張小字青山内毛茂寺《ないけもじや》屋村西岡であった。江戸から明治へと時代が大きく移りゆく中で、名字帯刀を許された庄屋の西岡家であった。西岡家といえば、名張では大名家に勝るとも劣らない豪商で、その生業は、伊賀上野から名張までの鉄道馬車による旅客運送業であった。その附随として荷役の仕事もあった。日通といわれる日本通運の下請け、マルツウ、〇通のロゴをあしらった、半纏《はんてん》を着て、大八車でもって、鉄道荷物の集荷配達をしていた。荷馬車の馬を飼育するので常七は博労《ばくろう》とも呼ばれた、馬のお医者様だった。西岡は裕福な家柄で、西岡美代子が生まれた時は、街中から祝福され、待望の姫様だった。

伊賀上野から名張へ鉄道馬車は走る。その速度は、人が早足で歩く速度に少し毛が生えたようなものだった。その鉄道馬車の前を、人足が早駆けして先走りし、鈴を鳴らして歩行者に注意を喚起するのである。

リン、リン、リンと鈴の音が近づいてきたら、鉄道馬車のお通りである。

「雀の子、そこ退《の》け、そこ退け、お馬が通る」

であった。先走り人足は、ひと走りすると風呂に浸って、暫時《ざんじ》休憩して、次の走りに備える。風呂は西岡家のものであるが、隣近所の人も自由に入れる。混浴である。気楽なものだ。湯屋の入口には、薪が積まれている。近所の人の入湯のお礼だ。

常七親分は太っ腹な人で、村の人達にどうすれば喜んでもらえるか？　ということばかりを気にしていた。名張で最初にガス灯が点《とも》ったのは、この西岡商店であった。在郷の衆で暇を持て余す者らは、昼から遅い時間に莫蓙《ござ》を持って来て、ガス灯が点るのをじっと見守っているのだ。

常七親分は、馬の買い付けで全国を廻っているので、その土地、土地で縁日に出くわすことがある。現在、学校などで採点の時に使う赤色の鉛筆にお目にかかるだろう。常七親分はそれを近隣の人々に手内職で作らせて、出来上がり次第全部買い取って、縁日で売り捌《さば》いた。常七は地場産業の育成にも、これ努《つと》めたのである。

その紙巻き赤鉛筆の特許は、今は三菱がコーリン鉛筆と名乗っているが、常七親分は、「特許なんぞは下司野郎《げすやろう》のすることだ。欲張ったらいけん」と言うのだ。これが西岡常七の、明治、大正期における真毛珍具《マーケティング》の手法だった。

また西岡家には、馬車を扱う加減で、渡り職人がたえず出入りしていた。初見は、渡り職人の仁義で始まる。

「へい！　御免なすって、失礼さんでござんす。軒下三寸借り受けまして、仁義切らせてもらいます」

すると家の中では、組員が黙って手をつき、入口の職人を見る。そして、

「どうぞ！」

と言って控えている。目を逸《そ》らすことはない。ぐっと睨《にら》み付けている。

「早速の御控えありがとうござんす。手前生国《てまえしょうごく》と発っしまするは、関東でござんす。関東、関東と言ってもいささか広ろうござんす。あの国定《くにさだ》忠次で名高い東山道の一国上野《こうずけ》は国定村でござんす。赤木の山の麓《ふもと》は群馬でござんす。群馬の北部の大水上山付近に源を発し、関東平野を貫流して流れる利根川の水で産湯を使った、親分なしのいささかけちな野郎でござんす。

みぐるしき面体、御免被りまして、以後、坂東太郎と申しまして、万端《ばんたん》よろしくお引き廻しのほど、お頼もうし上げます」

仁義を受けた組の者は、客人に向かって、

「仁義、ご苦労さんでござんす。御客人さぁさ、こちらへ。部屋は裏に用意してござんす」

と、下の者に案内させる。裏は馬の厩舎で、中ほどに藁束や稲束の積んである広場に案内して、飼葉桶と切断器を与《あ》てがわれる。いかに客人が、藁や稲を細かく截断するか？　また、その截断の速度がどの程度かにより、舎弟としての給金が決まるのである。
二、三日は厩舎で、馬の世話やら部屋の寝藁の交換と忙しい毎日である。食事は各人箱膳で、御飯、味噌汁はお代わり自由、好きなだけ食べればいい。がこの西岡商店の大きな特色は、夜間の賭博場への出入りは御法度であった。西岡常七は八九三《やくざ》を嫌い、店の者には、「義侠、任侠を建て前とする、使者、刺客たれ」と推奨したものである。
また、村の中で生活困窮者はいないかに気を配った。そして、それらの中で進学に意欲がある子には、無償で学費の応援をした。日本の将来を想ってのことである。それも決して押し付けがましくせず、その家の主人の顔を立てたものだった。

西岡家の商いは順調で、何の障りもなく発展していた。常七の生涯において一番の傑作は、馬を掛け合わせて、白、黒、茶色の駮《ぶち》の馬を拵《こしら》えたことである。奈良を走る近鉄電車の停車駅に「あやめ（菖蒲）」駅があった。その駅の近くにある池が勝負池と呼ばれ、東映の撮影所があって、片岡千恵蔵や市川右太衛門が主役を務め、馬で駆けるシーンは、西岡常七の三色の駮《ぶち》の馬を借りに来て撮影が行われた。片岡、市川の無声映画を見る機会があれば、是非とも見て欲しい。

その常七には、ひとつの泣きどころがあった。双子の片割れの兄、徳蔵のことである。この徳蔵は、弟の常七に面倒を見てもらいながら、何不自由のない生活ができているのに、飲む、打つ、買うの三拍子を備えた強者だった。好事魔多《こうじまおお》しとはこのことだろうか？　罠に嵌《は》まってしまったのである。あれほど店の者にも口酸《くちす》っぱく賭博場への出入り禁止、ましてや博打を打つなんてことは許していなかったのに、新入りの渡り職人が徳蔵を誘ったのだ。三重交通の前身が、伊賀上野から名張までの鉄道馬車の営業の権利をなんとか手に入れようと、これはという渡り職人を西岡商店に送り込んで、兄の徳蔵を酒の席に招き入れ、博打に親しんでもらったのである。

罠とは知らず、最初はほんの出来心で、ちょっとのつもりで齧《かじ》ってみると、思い切り馬鹿受けして、何千円も手にすることができたのである。徳蔵と新入り職人の三名は、このことを秘密にして黙っていた。週一回、夜、こっそりと抜け出して賭博場に出かけた。なぜかツキがよくて、毎回何千円という大金をせしめた。新入りの職人は徳蔵を煽《あお》って煽って持ち上げた。

そうしてある晩のこと、今日も勝って帰るのだからと屋台で一杯引っかけ、賭博場へ行ってそこでも景気付けと称して濁り酒を戴いて入り、最初は小さく札を張ったが、「丁」と一筋に押し通した。丁の一点張り、徳蔵の馴染みの酌婦が、お蝶というだけのことなのだ。

最初は不思議と徳蔵に目があるのか、賽子《サイコロ》は徳蔵の物かと思われるぐらい丁でついた。あまりにも胴元の負けが込んで、札の換金の為に暫時休憩しますと中休みが宣せられて、盆茣蓙《ぼんござ》が改められ、壺振りもお竜という流れ者と変わることと相なったのである。

休憩中も、徳蔵は職人に煽《おだ》てられた。

「徳蔵親分があまりにも強いんで、奥から換金用の金子が選ばれましたで。ひとつどうです？　ここ一番、鉄道馬車の権利証を一枚、賭けてみては？」

賭場は一瞬響《どよ》めいた。着流しの艶やかな肩脱ぎのお竜は、白い透きとおるような柔肌。盆茣蓙の前に座ると、パッと片膝を立てて、これ見よがしに太股を見せた。伊賀上野では誰一人として、今まで見たことがなかった光景だった。美しい、綺麗だ。

お竜は凛《りん》とした声で、

「憚《はばか》りながら、縁あって、壷振りをつとめさせていただきます。丁、半、は時の運、どなたさまも、恨みっこ無しで、お願い申し上げます。よおござんすね！」

さっと壷が頭上高く持ち上げられて、左手の指に挟み持った賽子が壺に投げ入れられて、盆茣蓙に伏せられた。

徳蔵と二人の職人は「丁！」と、張札を縦にして差し出す。それに対して、「半方ないか？　半方ないか？」と声が響く。すると奥から、

「半方もらおう」

と、胴元の若頭が言った。お竜の脇の補助が一きわ大きな声で、

「丁半、揃いましてございます！」

お竜は立膝のまま、周囲をじろりと睨んで盆茣蓙を眺めた。そして、水を打ったように静かになった。

「それでは、入ります」

と手を伸ばしたお竜が、右手の中指と薬指とで壷をそろりと持ち上げると、なんと賽子は、五と二を示していた。

壺振りのお竜の声が場内に響き渡る。

「グニの半！」

その声で、徳蔵は一遍にすっからかんになってしまった。権利証の受け取りには、付け馬が三、四人同行した。そして、来月から三重交通のものになる伊賀上野から名張への鉄道馬車に乗った。

常七は旅に出て不在だった。店で用事をしていても誰も何んにも言わない。徳蔵は金庫に仕舞われていた伊賀上野～名張間の鉄道馬車の営業の権利証を取り出すと、付け馬に手渡した。付け馬は権利証を受け取ると、三重交通からの受け取り書を徳蔵に手渡した。それを徳蔵は金庫に仕舞った。西岡商店には、かろうじて日通の下請けのマルツウの荷役業だけが残った。

徳蔵は名張から姿を消した。そして、二人の新入りの渡り職人もそっと店から姿を消していた。三人は行方《ゆくえ》知れずになった。三重交通は大喜びだった。ただ同然で、伊賀上野から名張間の鉄道馬車の営業権の権利書を手に入れたからだ。

そんな騒動の中、常七が旅から帰ってきた。常七は、兄徳蔵の行為に何も言わなかった。常七は咄嗟に考えた。鉄道馬車の営業権を手に入れたなら従業員を雇う義務もあると、三重交通に従業員を全員雇用するよう頼んだ。自分はともかく、従業員家族の明日を心配した。このような不祥事を起こしては、名張には住みにくい。常七は大阪へ出ようと考え、三重交通に店や家、厩舎、馬など、全部買い上げてもらったのである。

それはそうとして三重交通は、大きな誤算をしたものである。鉄道馬車の営業権だけを手に入れて、営業収入だけを計ることに専念しようと考えていたのである。そして今まで通り、常七に営業をしてもらおうと考えていた。しかし常七は、三重交通に雇われてまで働くといった小さな器ではなかった。まして、兄徳蔵のしたことに腹は立てずとも、男であった。

常七一家は、総出で大阪へと越した。西成郡は東成の本庄市組だ。日頃、常七が博労として出入りしていた西成郡、東成の小緑《こみどり》組に縁付いたのだ。小緑組のテリトリー（territory／縄張り）は、省線「鶴橋駅」界隈であった。この辺りの地面は、小緑組の土地、つまり地主だった。配下には本庄市組がいて、大瓢箪《ひょうたん》のマーク（mark）、旗印で名を馳《は》せていた。その下請けが中村運送店だった。徳蔵の仕儀《しぎ》でやむなくの移転だったので、小緑組は大歓迎した。常七は荷馬車は扱える、渡り職人の統率ができる、おまけに馬のお医者さんで馬の扱いが上手ときている。小緑組は早速、常七を若頭に推挙した。組員のみんなも大喜びだ。馬のお医者さんとして皆んなに馴染みがあったからだった。荷馬車の手配、厩舎の清掃と、若頭は率先垂範してきぱきと仕事をこなした。若頭の常七は、働くということは端《はた》の人に楽しくしてもらう為と思っていた。若い衆もよくついてきてくれた。

家族を大阪へやって最後の整理をすると常七は、今までの全従業員や世話になった人達を、上野の町で一番有名な料亭「大鴈亭《だいがんてい》」に招いて、宴席《えんせき》を設けた。いつもは馬の買付けが終わり、決済が済んで、買主らに報告を兼ねての一晩の宴席であった。綺麗どころも呼んでの宴会だ。

常七はそれぞれの席を廻って御酌をして、今までの援助を謝して感謝した。宴酣《えんたけなわ》になると、宴席の中央の畳、二畳が開けられて、仲居さん十名程、大きな擂鉢《すりばち》を持ってやって来て、開けられた二畳の真ん中に山芋の擂り下ろされた薯蕷汁《とろろ》が撒《ま》かれ、土俵のように円形が造られた。太鼓持ちの幇間《ほうかん》、つまり男芸者が、公平に東方と西方にそれぞれ芸妓を分けて並ばせた。幇間が大相撲の行司よろしく芸子の名を呼び上げた。御贔屓《ひいき》の旦那が、東方、西方と手を上げて合図した。パッと着物を脱ぐと、赤褌《あかふんどし》の出で立ちで、白足袋《しろたび》、頭は丸髷《まるまげ》を結った芸子たち……いやはや絵にも描けない姿だ。会場はやんやの拍手喝采《かっさい》。贔屓筋からも声援が飛んだ。

四股を踏むが、薯蕷汁がつるつると滑って、尻餅をついて、幇間に助けてもらう有り様だ。その引っ繰り返る恰好が面白いのだ。組《く》んず解《ほぐ》れつして、相手を倒して勝ち名乗りを受けて、金一封を貰う。薯蕷汁のまま、御贔屓さんにおぶってもらって、御風呂場へ。旦那は芸子と風呂に入って、薯蕷汁を流して洗ってあげる。高級な湯遊びだ。混浴の手前あまり変なこともできない。それが為の赤褌だ。

旦那と芸子が御風呂から上がれば、遣り手の婆様が脱いだ着物を持って待ち構えている。夜っぴいて相撲遊びはつづくが、御祝儀の袋は、新札のお金が用意されていて、誰も文句は言わなかった。

宴会が終わり散会すると、畳屋が来ていて、会場の畳を総入れ替えした。これが、常七親分の一番豪華な遊びだった。若頭に身を落としての最後の男遊びだった。金は天下の廻りものという考えで、宵越《よいご》しの銭《かね》は持たない主義だった。

何か馬のことで問題があれば今までは、外部の馬の医者に頭を下げて往診してもらっていたが、新若頭の登場で組は一安心となった。若頭の常七が朝夕、馬の調子を見るので、組の者は報告だけでよかった。

小緑組へ来てからは、全国を馬の買い付けで廻ることはなくなった。今いる馬で、荷車を調整するだけでよかったので、比較的家で過ごす時間が増えた。組も全てを若頭に任せていた。時偶《ときたま》、馬も腹痛を起こすことがあった。下剤を一握りして馬のお尻から入れるのである。腕一杯、肩口まで入れるのである。そして大きな毛布を二ツ折りにして、両側から馬を釣り下げて、立たせた状態で過ごすのだ。後ろ脚で腰板を蹴って痛さを訴える。馬に「おまえ一人じゃないよ」と障子一枚隔てて寝てやるのだ。腰板を蹴れば起きて、話しかけて、撫でてやるのだ。そうすると、馬も落ち着いて立ったまま寝ている。馬も鼾《いびき》をかいて寝ていることもある。

この馬の医師が常時いてくれることは、荷馬車業では大切なことなのである。

小緑組の厩舎は、現在の大阪市立本庄中学校の産業道路沿いにあった。ほぼ、二間巾《はば》の中通路を挟んで、馬の寝座があった。朝、それぞれが馬車を引いて仕事に出かけると、馬の部屋の掃除だ。新しい藁を入れて交換する。馬はとても綺麗好きだ。この仕事がかれこれ十時頃に終わると職人達は、擂り粉木《こぎ》の擂り鉢を持ち出してきて、車座になって狆《ちん》ころ博打だ。二個の賽子を鉢に投げ入れて、賽子の目の数が九になれば勝ち。煙草銭ぐらいの金額で楽しんでいる。

当時の市中見廻りの巡査は、判任官《はんにんかん》と呼ばれ、腰のサーベル（sabel／オランダ語／西洋風の細身で片刃の刀）を膝頭で外側へ蹴り出してチャリン、チャリンと音を立てて、一定のリズム（歩調）で歩くのだ。そのチャリンが聞こえると、家の中の腕白坊主どもが慌てて、押入れの中へと駆け込んで、チャリンが聞こえなくなるまでじっとして隠れている。馬屋の狆ころ賭博の方は、後に市会議員にもなった、洟垂《はなた》れ小僧だった阿呆の吉田が産業道路のところで見張っていて、上野五郎巡査の姿を見ると、「チャリン来たで！」と皆んなに知らせた。巡査の上野五郎もその辺のところは分かっていて、本官の目の前で賭博をされると困るが、後ろを向いている時はあえて事を表すこともなかったのである。

当時の大阪の町々には、荷馬車用のコンクリートでできた二尺から三尺の広さで高さ三尺くらいの水槽が設えられていた。馬は自分の配達区域を覚えていて、要所、要所で水を飲んで喉を潤していた。が、新人の職人で馬の扱い方が悪いと、馬は一人で自分の厩舎に帰って来るのである。馬丁《ばてい》が昼食で、飯屋に入ってゆっくりしていようものなら、馬車は一人で動いて、我が家へと帰ってくる。馬丁は絶えず馬の名を呼び、鬣《たてがみ》を撫でてスキンシップを計《はか》るのだ。人馬一体！　彼女以上に馬に惚れなければいけない。

厩舎の管理、職人達の世話と、組では常七若頭に感謝した。常七は、故郷での兄徳蔵の不始末に関しては一言も口には出さず、兄の無事を祈っていた。何年間が過ぎて、西岡家の跡取りである實が二十歳を過ぎていい年頃になった。

常七が小緑組の若頭として、本庄市組や中村運送店を順調に業績を伸ばしている頃、ある荷馬車稼業の渡り職人が、鳥取の飯屋で常七のことをそれとなく話に出した。

「昔、伊賀上野から名張の鉄道馬車の西岡商店で世話になり、親方の西岡常七さんはいい人じゃった、大変世話になっていたんじゃが、如何せん、鉄道馬車の経営権が、ある時から三重交通という大きな会社に乗っ取られてしもうと一家離散になってしもうての大変じゃった。西岡の親分さんは、最後までわしら職人の就職を、三重交通に頼んでくださったが、三重交通は、会社の規則が厳しくて、することなすこと、けちをつけて反りが合わず、わしはこの鳥取の地まで流れ着いたのよ」

「その西岡常七親分には、双子の兄で徳蔵というのがいたんじゃそうな」

「その徳蔵は悪い渡り職人に嵌《は》められて博打に負けて、常七親分の持っている伊賀上野から名張間の鉄道馬車の営業の為の権利証を持ち出して、三重交通に手渡したので、西岡商店は潰れてしまった。でもな、親方の西岡常七は、一言も文句も言わず、何もなかったように平然として現実を受けとめて、新しい会社三重交通に従業員を全員受け入れてくれるように頼み込んだのよ。自分一家のことより、従業員一家の行く末を案じた、立派な親分よ。何かの機会があったら、親分に恩返ししたいと思っているよ。風の噂に聞くけど、店、家屋を一切三重交通が買い上げてくれた御蔭で、大阪へ出て、西成郡は東成の小緑組に草鞋《わらじ》を脱いで、今じゃ、組の若頭に納まっているそうな。たいしたもんよ」
実はこの鳥取の砂丘の近くの小料理店、「御影屋《みかげや》」に徳蔵はいた。片山秀吉という仮名を使っていた。弟常七の居所がわかったので、徳蔵は常七に御詫びの便りを、大阪の小緑組へ宛てて出した。

この度は誠に済まぬ。一家を破滅にして、今さら何をと言われるかも知れないが、鳥取で暮らしている、相手の女に連れ子がいて、年頃になった。お前の長男、實もそろそろ年頃と思うので、目黒良子《よしこ》と言うのだが、一人、お前の所へ行儀見習いとして奉公に出すので面倒を見てやってくれないか？

九拝　徳蔵

西岡常七殿

この手紙を受け取って、常七は安堵した。唯一の片割れ、兄が元気でいることに安心したのだ。この手紙が届いて一カ月後、一人の娘が常七の家の前に立った。夕方の刻限の頃で、どこの家も夕餉《ゆうげ》の支度で忙しい時だったが、登良は黙《だま》って娘を引き入れた。
「良子ちゃんか？　こっちへ入っとうな？　ここに居て」

と玄関脇の部屋へ上がってもらった。

常七は、内々で實と良子の二人を妻合《めあ》せて結婚させた。良子は徳蔵の子として認知されているので、従兄妹《いとこ》夫婦だ。實、良子夫婦は、公子、智恵子、美佐子、伸一と三女と一男の四人の子供ができた。

夫の實は、馬の世話は苦手で、西淀川にある横尾鉄工所へ勤めに出た。昔のこと故、鑢《やすり》掛《か》け三年という時代のことだ。常七は、長男ではあるが實の好きなようにさせていた。人は、それぞれ自分の道を持って生まれてきているものだと、そう考えていた。

實は超真面目で、学校の通信簿などは全甲で、音楽の唱歌だけが乙だった。

敗戦後の日本では、中学校を卒業すると近所の町工場か商店かへ働きに出るのが普通だった。それで勤め先の近い者は、会社で昼の合図のサイレンが鳴るとお昼を食べに家まで走って帰ってきて、昨夜《ゆうべ》の残りのお数好《かずこの》みをして食事を済ませるのだ。そして、昼からの一時の再開に合わせてまた会社へと出かけて行ったものだ。

弁当を持って行く者もいるが、それは日の丸弁当と呼ばれるものだった。輪《わ》っぱと呼ばれる曲木《まげき》製の弁当容器か？　アルミ製の四角い弁当箱に、白御飯をつめて、その真ん中に大きい梅干を一個入れてある。日の丸の旗にそっくりなところから、その呼び名がついた。遠くへ仕事に出かける實は、黙って日の丸弁当で我慢していた。子供、四人を育てるということは、それは、それは大変な毎日のことであった。實や良子の口から、生活苦や愚痴が出ることはなかったのである。

その貧しい生活の中で時は過ぎて、長女の公子は、中本幼稚園、中本小学校、本庄中学校を卒業した。公子は珠算《しゅざん》が得意で、初段の腕前。暗算も得意だったが、何よりも綺麗な字で数字がとってもわかりやすかった。

家の近くに水彩絵具やクレヨン、クレパスの会社である桜商会があった。公子はこの桜クレパスに、地元の本庄中学校から初めて採用されたのである。桜クレパスは、本庄中学校なんかあまり当てにしていなかった。しかし、西岡公子を採用してその考えが変わった。公子は倉庫での出荷係として入ったが、試雇期間を待たず、わずか一カ月で本採用された。

その理由は、会社の配送の車が帰って来ると、その日の出荷伝票の整理にあたるわけで、事務は大変な刻《とき》を迎える。毎日二時間の残業があたりまえだったのが、十五、六歳の中卒の女の子が暗算でいとも簡単に、綺麗な数字を書いて整理するので、残業時間が三十分程で済むようになったのだ。皆んな早く家に帰えられるので、大喜びだった。

早速、現場から会社の上層部に報告がいき、社長自ら倉庫事務所へ下りてきて、西岡公子に「ありがとう」と礼を言った。二時間の残業時間の大幅な削減は会社利益になると、ベテランの社員、主任給待遇で処してくれた。

それと人事部の担当者が、本庄中学校の美術部に桜クレパスを、一クラス六十人分を贈与した。人事担当者は校長や教頭に対し、素晴らしい人材を紹介してもらったとお礼を言い、西岡公子の真面目な働きぶりは社内の空気を一変させたこと、試雇期間を一カ月で切り上げて、主任級の好待遇にさせてもらっていることを報告した。そして、来年度の生徒の紹介を依頼したのである。それには、珠算一級以上が条件だった。西岡公子の倉庫事務所での素晴らしい働きぶりは、珠算一級という能力に由来しているとわかっていたからだ。その話を聞いた校長、教頭は、珠算、習字に一層の力を入れて、生徒の人材育成に努めたのである。

公子が桜クレパスに勤めるようになって、西岡家には余禄も舞い込んだ。それは桜クレパスから依頼される手内職だった。それはクレパスの外側に紙を巻く作業だった。工場から材料をオートバイで配達して、完成品を集荷するのである。

「ハムちゃんとこは、ちょっと多い日に降ろしておこう」

と、裸のクレパスの箱、約二千本入りを十箱ほど置いていってくれるのだ。公子の「公」という字は「ハ」と「ム」に分解される。そこで会社の皆んなからは、「ハムちゃん」と呼ばれて親しまれていた。公子は倉庫事務所の花だった。明るい職場の花だった。誰一人、嫌味を言う者がいなかったのである。

西岡家では一家を挙げて、皆んなでクレパスに紙の着物を着せた。十本着せて一円だった。これが案外馬鹿にならないのだ。夕食が済んで夜十時に寝るまでの四、五時間、毎日、毎日、積み重ねると、盆、正月の子供の御小遣いができた。ワイワイガヤガヤと賑わった。

敗戦後の日本においては、人々の口から出る言葉は、「食う為に働くのか？　働らく為に食うのか？」という命題だった。そのことについての解答は、なかなか出てこず、ましてや学校の先生も、珍文漢文《ちんぷんかんぷん》だった。「人はなぜ働くのか？」――答えは一つだ。昔の日本の社会は、勤めに出ることを奉公に出ると言ったものである。それは「滅私奉公《めっしほうこう》」を意味していた。勤めに出る、奉公とは、私欲、私情を捨てること、個人の利害を考えないことなのである。働くというのは、「端《はた》の人を楽《らく》にしてあげること」を言うのだ。その「端」には他人が含まれていて、同僚も他人である。それらの「端」の人を楽にさせてあげることを、働くというのである。そのことを黙って、西岡公子は勤めていた、その働きぶりは、会社の上役は口には出さないが、「ありがとう」と誉め称えていた。

仕事が終わると公子は真っ直ぐに家へ帰った。ほんの二十分程の距離だったので、昼食も家で済ませた。

西岡常七と登良は、實、保次郎、睦男、澄明、美代子と、四男一女の五人の子宝に恵まれた。当時としては普通の家族構成である。男兄弟の中で育ったので、美代子は男勝《おとこまさ》りだった。常七をして、美代子が男だったらなと嘆かせた。女傑だ。歳を重ねると、「肝《きも》っ魂母《たま》さん」と呼ばれたものである。

美代子の方は、帝塚山女学院を卒業して、当時、女性にとって最先端の職業であったバスの車掌になった。当時大阪には、「銀バス」と「青バス」という二系列のバス会社があった。敗戦後就航した日本航空のスチュワーデス、あるいはアテンダント（接客係）の職業と同一視されるものだった。バスガイド（車掌）は誰もがなれるものではなかった。一に容姿端麗、二に裕福な家庭の子女等、採用条件には厳しいものがあった。男は外で女は家庭を守ることが一番正しい生き方の時代、女が職業に就くこと自体、不届き千万《せんばん》、無礼だといわれた時代のことであった。が美代子は飛び出していった。

美代子は、パッチリの瞳で色白で、明るい笑顔は、お客さんを和《なご》ませた。美代子の働いている姿を、客のふりをして町内の人が見に来るほどであった。美代子のバスはいつも満員御礼だった。「ミヨチャン頑張って！」とファンが多かった。バスに乗るのに下駄を脱いでいた。

車掌になった美代子が、初めて髪の毛を切り、パーマネント（電髪）をあてて帰ると、近所の人達は雀の巣を頭に載っけているとえらく珍しがって、これも見に来る有様だった。美代子は、何事にも一番に挑戦する娘《こ》だった。父常七の仕事を見ていたからか、人の物真似《ものまね》だけは金輪際《こんりんざい》嫌で、勝気な性分《しょうぶん》だった。

日本が太平洋戦争に敗けて、無条件降伏をして、大阪の街は、すっからかんの焼け野原になって、焼け跡に闇市ができると、その一角を借りて美代子は食べ物屋を始めた。進駐軍《しんちゅうぐん》が来ると、手当たり次第女性は強姦されて滅茶苦茶《めちゃくちゃ》、無茶苦茶《むちゃくちゃ》にされるそうなという風評を耳にした美代子は、一計《いっけい》を案じた。頭髪を男性のように刈り上げて、七、三に分け、顔は薄く靴墨を塗り、胸にはぎゅっと晒《さらし》を巻いて、足元は男物の短靴を履いた。これで立派な男衆《おとこしゅう》となったが、まるで宝塚歌劇の男装の麗人だった。難から遁《のが》れるのに女性は必死で、人からどうこう言われようと、我が身は、自分で守らなければならなかったのだ。

この男装の麗人が水団《すいとん》屋を始めると、行列のできる店になり、忙しい毎日が続いた。ある日のこと陽《ひ》も傾き始め、そろそろ店仕舞いしようかと思っていたら、店の前に復員の兵隊が立った。どうしたんだろう？　と見るともなしに見ていると、背嚢《はいのう》から、黒い箱を取り出したのである。それは黒檀《こくたん》の木の箱で、中には象牙《ぞうげ》の麻雀牌《マージャンパイ》が入っていた。その麻雀牌で水団を一杯食べさせて欲しいというのである。美代子は、この麻雀牌は世の中が落ち着いてきたら役に立つだろうと直感したので、丼に水団を多目に入れ、焼き芋を一片添えて差し出した。

「あわてんとゆっくりお食べ」

「ありがとう、ございます。汽車の中でうっかり寝込んでしまって、一緒に帰ろうと言っていた者に財布を抜き取られてしまって……。お腹《なか》は減るし、どうしようかと迷っていたんです」

美代子は尋ねた。

「兵隊さん、今晩これからどうされます？」

「はい、今夜はどこかで野宿しようと考えています」

「大変や⁈　それは、無茶や。野宿なんかしたら、明日はまる裸で寝てることになりまっせ！　あかんあかん」

「そうですか？」

「私の近所に、畑を持ってはる地主を知ってますねん。その畑の納屋を借りて、藁布《わらふ》団《とん》しかないけど、雨、露は凌《しの》げるわ」

義を見てせざるは勇無きなり。国の為に戦って、帰って見れば、人の心は無きに等しい。

「ちょっと待ってな、店仕舞いして、用意するから、待ってて！」

兵隊はびっくり、ぎょうてん、杉の子である。男の恰好をしているのに、女性だったからである。

美代子の家は阪急電車で梅田から二つ目の駅「十三《じゅうそう》」にあった。駅からは東へ向かって約八分程の木川西之町三丁目辺りである。女一人の家に泊めるわけにはいかない。北東《きたひがし》という畑の地主の家が道の途中にあるので、美代子は兵隊を北東に紹介して、畑の納屋で一泊させてくれるように頼んだ。北東も西岡美代子の紹介であり、復員してきた兵隊に敬意を払い、納屋の使用を承諾した。そして、夜の一時《ひととき》に、外地での思い出話を聞かせてくれるようにお願いし、北東祐輝は友人を集めた。

美代子の家は、俗にいうところの海軍官舎だ。全戸が大日本帝国海軍に徴用された り、志願して海軍に入隊した人の家々だった。西向きの家で、玄関を入ると上がり框があり、右側は三畳の間で左側は十畳の間。南側はベランダ、北側が押入れで、半畳の渡り廊下で背中合わせのようになっていた三畳の間で食事をするのだが、その三畳の間の続きの北側は一段下がって三畳程の三和土《たたき》で台所になっている。竃《へっつい》さんが設らえてあり、流し場と並んでいる。その台所の北側は二畳程の勝手口になっていて表につながっている。家の前は二間幅の砂利道で、その道は二間幅の小川に面していて、大きな無花果《いちじく》の木が一本植わっていた。

その小川の辺《ほとり》を、美代子、北東、兵隊と三人揃って北へ向いて行くと、阪急電車の京都線に出る。線路を跨《また》いで渡ると、一面の畑や水田が広がっている。その線路際が一反程の畑で、道に向いて納屋があった。北東は納屋の鍵を開けて、部屋の中央にある石油ランプ（洋灯）にマッチ（match／燐寸）で明かりを灯した。納屋は藁の匂いが充満していた。兵隊の顔に喜びが浮かんだ。

「ああ、懐かしいな、藁の匂い。古郷《ふるさと》へ帰ってきたんだ」

兵隊は思わず両手で藁を掴んでほおずりし、笑顔になった。

「兵隊さん、あんた農家の出かね？」

と、北東祐輝。すると兵隊は威儀《いぎ》を正して、

「失礼しました。申し遅れました。自分は、大日本帝国陸軍、伍長であります。北陸は福井県敦賀《つるが》在住で、敦賀三十六連隊に所属していました。中国から興安丸《こうあんまる》に乗って帰ってきましたが、広島の宇品港《うじなこう》の先の島で検疫の為一カ月間留められていて、宇品

から広島へ、呉線経由で引き揚げ列車で着いたのです。やれやれ、やっと我が家に帰り着ける、そう思うと安心からか我を忘れて寝込んでしまいました。皆が皆、大阪で降りるわけではなく、途中で、岡山、姫路、神戸とそれぞれの所で下車して行きました。しかし、大事な物を掏られてしまったのです。そのことに気付き途方に暮れているところを、闇市でこちらさんにお世話になったのです」

「そうですか。大変な目に、遭われたんですな。では後ほど、私は仲間を誘ってきますよって」

　兵隊は直立不動の姿勢で北東に敬礼した。北東は手を振り、

「兵隊さん、もうよろしがな。戦争は敗けたんでっせ」

　そう言いながら納屋を後にした。

　美代子は去り行く地主に向かって、

「厄介なこと持ち込んで、えらい申し訳ありません。ありがとうございます」

　そう言うと、兵隊には、

「早速、食事を整えて、持ってきます」

　と北東に告げて家に帰った。家では三毛猫のミィーコが一人留守番をしてくれていた。

麦の多いおにぎり三個、丼に蜆《しじみ》汁一杯、蝗《いなご》の甘露煮一皿、田螺《たにし》の佃煮一皿とあれば、酒の肴《さかな》には充分である。それらを手取盆《てどりぼん》に載せて、ゆっくりと時間を掛けて納屋へと運んだ。夕陽が紅く照り輝いていた。

美代子は申し訳なさそうに、

「こんな時勢で何んにもないですけど、麻雀牌の御礼です。しばらく私の所で預かっときます。気が変わったら、受け取りに来ておくれやす。私《わて》は、闇市で商売していますから」

兵隊、杉野信太郎伍長は笑顔で、

「すんません、私の方こそこんなによくしていただいて、申し訳ありません。なんせ農家の出ですので、藁布団が懐かしいです。これに、牛《べこ》がおれば、我が家同然です。ありがとう、ございます」

陽《ひ》は赤々と空を染め、雲は茜色《あかねいろ》に映えて、遠く生駒の峰を映していた。明日は晴れという印だ。美代子は、明日の天気を予想して、おにぎり、味噌汁にいつもより多めに塩を塗しておこうと考えた。汗をかいた客には、濃い塩加減が喜ばれるのだ。料理のコツ（要領）はお天気にある。

「捕虜《ほりょ》になるぐらいやったら死んでや!!」

というのが、戦地へと出征する兵士への送別の言葉だった。死ぬことは美学であった。だから兵隊は、葉書一枚、壱銭五厘でいくらでも掻き集められた。人の命は虫けら同然で、安い安い生命だった。たった一人の天皇の為に、たった一人の東条英機の為に。

東条英機（一八八四～一九四八）は、糞垂れの阿呆馬鹿がつく軍人である。己れの出世欲の為に、陸軍大将として政治屋になって、関東軍参謀長、近衛内閣陸相を経て、一九四一年組閣。陸相、内相を兼ねて太平洋戦争を起こし、参謀総長、商工、軍需各相を兼務した。大日本帝国の悲劇は、超馬鹿昭和天皇が阿呆馬鹿軍人東条英機に頼りきり、馬鹿の言うままに従い、黙任したことに全ては始まり、敗戦に終わったことである。日本の悲劇の始まりだ。戦況の悪化、不利に伴い、一九四四年、辞職。敗戦、連合国より無条件降伏を受け入れる。

無条件降伏により、日本本土周辺の小島は全て放棄したのである。竹島は、大韓民国、李承晩大統領により李承晩線により、韓国へ。千島列島、樺太《からふと》(Sakhalin／サハリンの日本名）はソ連領のものとされたのである。敗戦後の日本で、超馬鹿昭和天皇は、竹島は日本の領土ですよと一言も宣言しなかった。韓国の大統領を招いて、竹島のことを明言しなかったのは事実である。

樺太は東はオホーツク海、西は間宮（タタール）海峡の間にある細長い島。第二次世界大戦後、ソ連領に編入。現ロシア連邦サハリン州の主島。北部に油田がある。ソ連が、樺太、千島列島を自国の領土としたのに、当時の日本政府、共産党自身もなんの応答もしていなかったのである。それをいまさら、地図にあるから日本のものだというのは、おかしな話である。憲法を守ろうと曰うが、本当にそれが正しい道なのか？　相手が攻めてこないだけの技量を備えているのか？


西岡美代子は、北東祐輝の納屋で、兵隊の杉野伍長を接待しながら中国戦線での話を聞いていた。もう、夕食も済まされた頃だろうと時間を見計って、北東が近所の人達をぞろぞろと連れて来た。上村悠、小西英隆、平松良留、五井晃、脇幹雄、村田明、川南卓也の面々だ。

酒は、濁酒《どぶろく》、粕取《かすと》り（酒粕を原料として作る焼酎）、爆弾（味醂《みりん》、蒸した糯米《もちごめ》と米麹とを焼酎またはアルコールに混和して醸造し、滓《かす》を絞り取った酒で甘味がある）が持寄られた。この爆弾は、日本酒の二級酒といわれる具合に、舌に含むと微妙に美味いのだ。

北東祐輝が近所の人達を兵隊に紹介した。車座になって、酒の友にと、西岡美代子が多目に拵《こしら》えた酒の肴を、各自割り箸で摘《つ》まんだ。

北東《きたひがし》の紹介が済むと、やおら兵隊は、直立不動の姿勢で敬礼して、

「自分は、杉野信太郎といいます。大日本帝国陸軍の伍長であります。福井は敦賀第三十六連隊に所属しておりました。本日は、かようにあたたかい接待に預かり、大変にありがたく思います。皆さん、よろしく、おねがいいたします」

和気藹々《わきあいあい》の雰囲気の中で会話が進められた。内地にいた面々は、外地の様子がわからず、兵隊からどんな話が聞けるのか興味津々《きょうみしんしん》だ。元日本兵、杉野信太郎伍長は、

「軍隊というところは、人間という仮面を脱ぎ捨てなくてはいけません。あるのは番号だけです。そうして、上官の命令は絶体で、逆らうことはできないのです。正に『上官の命令は、天皇陛下の命令と思え！』なのです。大変でしたよ。それに古参兵という上等兵、これが曲者《くせもの》ですわ」

するとと北東祐輝が、

「私ら国内の者は、大本営発表ということ、勝った、勝った、また勝ったという連戦連勝の毎日でした。本真《ほんま》そうやと心から信じてました。なあ?!」

その場にいる者全員顔を見合いながら、

「ほうや‼　本真や！　国にまるきし騙されてたんや、あほらしいな」

杉野信太郎伍長、

「軍隊は、同期ということが無言で幅《はば》を利かせるんです。ですから、新人の初年兵なんかは、何かにつけて苛《いじ》められるんです。制服の釦《ぼたん》を千切っては、どっかへ放り投げてしまうんですわ。苛《いじ》められて、厠《かわや》で首を吊ってそれきりですわ‼　哀れなもんでした」

皆んな黙って聞いている。酒を飲みながら、人間が人間でない世界、それが軍隊だ。

「私の班ではなかったが、一人、私と同じ伍長で、五人の新兵を預っていた人が、上野五郎と言いました。それが、何があったのかはわからないのですが、自分の班の新兵が古参の上等兵に苛められて、鉄拳制裁を受けて、厠で首を吊ったのです。この古参の上等兵は、佐藤伸二郎と言いいます。隊列を組んで進軍するが、突撃の声や進軍喇叭《らっぱ》の音が響いても、新兵を先に行かせて自分は後から後からとゆっくりと進むような奴でした。そんな状況の中で、佐藤伸二郎の新兵が撃たれて地面に伏しました。上野五郎は、自らの班を全員伏せて待機させました。佐藤伸二郎は傷ついた新兵を放っといて、進軍したのです。

上野五郎伍長は、『オイ！　大丈夫か？　しっかりせえ！　すぐ衛生兵がくるからな、じっとしとけしよ』そう声掛けしながら、新兵が握り締めている三八式歩兵銃を預かろうと手を添えた時、上等兵の佐藤伸二郎が向うで新兵に鞭《むち》を振り上げている姿が見えたのです。新兵は当てずっぽうで引き金に手をかけた。するとズタンと一発、火を吹いた。見事、玉は佐藤伸二郎の腹部から左肩へと貫き通した。それを新兵達は黙って見ていました。今晩からは、もう殴られずに済むという安堵感が湧いていたのです。佐藤は即死。誰も見向きもせず、皆んなで寄って砂をかけてわからなくして、敵前逃亡、行方《ゆくえ》知れずとして処理されたのです。銃弾は前からとは限りません。古参兵の佐藤伸二郎は後部の方へ向いていたので、敵弾を受けたものと思われたのです。

古参兵のこのような行為は、明日死ぬかと思う刹那《せつな》での止むに止まれぬ行為で、死からの恐怖のなせることなのかも知れませんが、それでも理不尽な行為でした……」

皆んな黙って聞いていた。濁酒を湯飲み茶碗で飲みながら、聞いた。田螺や蝗が美味しい。酒の肴に持ってこいだ。前線進軍の為の行為として、略奪、強姦、放火と、自由に次第放題《したいほうだい》が許されているのだ。そんな軍隊を抑える憲兵隊は、ゆっくりとすごく、ゆっくりと前線の基地へと出張って来る。大日本帝国陸軍の三日間ルールなのだ。早い者勝ち理論。

【憲兵】＝陸軍で、軍事警察を司る兵のこと。日本では、明治十四年に創設され、陸軍大臣の管轄に属した。後には、次第に権限を拡大して、一般民衆の思想の取り締まりを主要任務とするようになった。第二次世界大戦の敗戦後に解体された。

憲兵隊がやってくると、前線の兵隊は大人しくなった。しかし、兵が真人間に戻ったわけでないのだ。普段の人間としての情のない世界になったのである。「一ツ、軍人は、要領を本分とすべし」なのである。

朝から畑へ出かけていくと、大空を日の丸を付けた航続距離が長いゼロ戦（零式艦上戦闘機）が中国の奥地に飛んで行き、爆弾を落として戻ってくる。中国奥地の農民は大日本帝国の軍隊の悪行を黙って受け入れねばならなかった。こんな悪行はない。

復員してきた兵隊の話を聞いて、皆んな日本軍に騙されていたことに気が付いた。だから、焼け跡闇市の中にこんな落書《らくしょ》も誰れ憚《はばか》ることもなく、堂々と書かれてた。

国体は　護持《ごじ》されたぞ
朕は　たらふく　食ってるぞ

汝《なんじ》、臣民は　餓えて　死ね
御名《ぎょめい》　御璽《ぎょじ》　日本　共産党

仄《ほの》かな洋灯《ランプ》の下で、車座の皆んなは、杉野伍長の話に聞き入った。が、満州で武装解除した日本兵は、ソ連によってシベリア（Siberia／気候は大陸的で冬の寒さは厳しくツンドラ〈凍原〉・タイガ〈森林〉地帯）で抑留された。捕虜の日本兵は、森林伐採の仕事をさせられ、充分な食料もなく、寒さと飢えによって多くの生命が失われた。教養のないソ連（ロスケ）に、日本は何も言うことができなかった。

夜も更けて、月が煌煌と輝いて、田や畑、阪急電鉄の線路を照らしていた。

翌朝美代子は、おにぎり二個、味噌汁、沢庵の漬け物二切れとお茶を薬缶に入れて納屋へ持参した。皆んなの手前、黒檀の麻雀牌のことは黙っていた。「食べ終わったら、そこへそのまま捨て置いて下さい」ということにして、美代子は、男装の麗人となって、梅田の闇市へ出かけた。北東祐輝、上村悠の二人は、これも何かの縁と、杉野伍長を大阪駅まで送って行った。それというのも、杉野伍長の家は、福井敦賀の在で農家と聞いていたから、何とかして米を取り入れようと考えていたからだ。大阪の人間のすることだ。親切ごかし。

田舎で妻と娘が待っていると聞いた二人は、和服や田舎では手に入りにくい進駐軍の羊の缶詰、煙草と祝い金として金一封を贈った。敦賀へは、日を改めて遊びに行くことを約して見送った。

汽車は出てゆく、煙は残る。残るはずだよ、木炭車。

杉野信太郎伍長は、列車の連結器の間から身を乗り出して、「ありがとう、ありがとう」と見えなくなるまで手を振っていた。

お金があっても物がない。これが一番辛い。しかし、たまたま闇市で一人の兵隊を助けたことで、西岡美代子、北東祐輝、上村悠らは福井敦賀の杉野信太郎とコネが(connection／関係、つながり、縁故)ができて、闇米《やみごめ》を手に入れることができるようになった。花嫁衣装を持って、これはという農家を訪ねる手間がいらなくなった。杉野信太郎が村の人の入り用なものを連絡してくれるのだ。それを、北東、上村が他の仲間、小西英隆、平松良智、五井晃、脇幹雄、村田明、川南卓也等と連絡を取り合い調達した。彼らは国鉄の乗り方を研究した。大阪から敦賀までの乗車券を買って目的地へ行き、改札を出ればまたもう一枚、帰りの乗車券を買いなおさなければならない。彼らは、文殊の知恵で、目的地へ着いても改札を出なければ、乗車券がいらないことに気が付いた。改札口で荷物の受け渡しをすればいいのだ。

お互いの連絡は、電報と言伝《ことづて》、手紙などと最良の方法が取られた。これが一番の最善作だった。西岡美代子の所へも田舎からの食料品を安く回してくれた。闇市の世話人である岡倉五作のところへも、それなりの謝礼をそっと手渡した。便利屋稼業が暗黙の内に組織されて、静かに行動した。

敗戦後、警察は国警と市警の二本立てであったが、一本にまとめられた。大阪府警と自治体の一組織になった。その組織の一員に、兵隊帰りの上野五郎も参加した。家を出て帰宅するまで、拳銃は携帯していた。上野五郎も農家の出で、百姓だった。帰宅すると一回りほど年の差のある京子夫人が玄関で三ツ指ついて静かに頭を下げ、

「お帰りなさいませ、お勤めご苦労さまです」

と、夫、五郎を迎えた。五郎は笑顔で「うん」と頷いて上がり、玄関脇の部屋で金庫に拳銃を仕舞った。制服は京子夫人が衣紋《えもん》掛《か》けにかけて、Yシャツは洗濯場へと持っていった。五郎はゆっくりと休む為に、すでに沸かされている五右衛門風呂に身を沈める。職場では何かにつけて、上司が馴れ馴れしく、「おい！　五郎」と呼び捨てで喚《よ》ぶ。

大日本帝国陸軍伍長も平和の時代は、こんなものかと受け入れて、いつも笑顔を絶

やさないで応答したが、その笑顔が上司にしては「ふざけている」と思えてならなかった。何か上司から、言われるとそれは命令として受けとめ、パッと直立不動の姿勢を取って、

「はい！　復唱します。自分は、これより、○○地区のドブロク（濁り酒）製造所を伺察して参ります。そして、署に戻り伺察の模様を報告します、以上、上野五郎は出発します」

どういう訳か、警察官の巡廻用の自転車は真っ白に塗られてある。五郎巡査の自転車は、チェーンがだぶだぶで、ゆっくりとペダルを踏まないと、じきにペダルから外れてしまうのである。そうするとチェーンをうまくペダルの歯車に巻きつけて、修繕する。ドブロクの製造所のある村の入口でたびたびその修繕をするものだから、村の子供達は、

「五郎さん今日は、何してんの？　自転車の修理やんか？　あのな！　五郎さんがドブロクの出来具合を調べに来たんやて！　家の人に言うてきて！」

子供達は、それぞれ我家へと散って帰ってゆく。

「お父ちゃん！　お母あちゃん！　五郎さんがドブロクの出来具合を調べに来たんやて」

その子供達の声で、大人達は一斉にドブロクの甕《かめ》をソロッと村の中から外へ、畑の納屋の裏に隠した。そして差し支えることのない範囲で、これからドブロクを造り始める状態で家の中を整理した。

村人は、五郎巡査が村へ入ってくると、皆んな頭を下げた。五郎巡査は明日ドブロクを差し押さえると言うのである。トラックで乗りつけて、一升瓶に入れて何本か並べていた。五郎巡査は各人の家にある、お酢をドブロクに注入していた。腹癒《はらいせ》をしたのである。それを見た人は、隣の者に耳打ちをした。その日、皆んなで入口の所に一升瓶を何本か並べた。木炭を入れた者、極小の砂を入れた者様々であった。そして村の長一人を残して隣の区の村へ二、三日の予定で消えてしまった。そして、上野五郎巡査は、ゆっくり、ゆっくりペダルを踏んで持ち物を巡廻して署に帰った。

「上野五郎、〇〇地区、村へ巡廻に行きまして、十軒程の家の玄関内に、一升瓶につめたドブロクが置いてありました。明日、トラックが乗り入れるから、ドブロクの一升瓶はそのまま、手も触れないように置いておくよう、指導してきました。以上、報告を終わります」

五郎の御蔭で、ドブロク本体の大きな甕は他へ移動していた。差し押さえしたドブロクは、別の場所で買い手に売り捌かれるのだ。上層部のやり方を上野五郎巡査は知っているが、知らない振りをして、上層部の連中に恥をかかせたのである。形だけのトラックの乗り入れ、大層な仰々しい振る舞い、一升瓶数十本でも、差し押さえの形ができたのである。日本の行政のやり方である。一応の形さえできればそれでいいのだ。

大日本帝国陸軍での鉄拳制裁の中を潜り抜けてきた者にとっては、署における名前での呼び捨てなど、たいしたことではない。にっこりと笑って済ませた。笑いが一番、上司の命には黙って従うだけだ。警察署での点数稼ぎにはうんざりだ。

五郎巡査は、庶民の竈の様子を、また、懐の具合をよく知っているのである。ドブロクの摘発は、一罰百戒《いちばつひゃっかい》なのである。大きく商売としている所が犠牲《ぎせい》になればよいのだ。戦争未亡人で、戦地に行った者の帰りを待つ母子家庭にまで、権力を振り廻すのはいかがなものか？　その癖上司は、夜勤の時に、市中見廻りと称して、こっそりと母子家庭の小さな一升瓶の濁り酒を拝借して、自分の手柄のように振る舞うのである。

「どうじゃ、儂の市中見廻りは?!」

上司の周りはおべんちゃらを使う者ばかり。

それを五郎巡査は見て見ぬ振りをしている。だからこそ、入口に差し押さえ用の一升瓶を十本程、それも水で薄めたり、お酢を混入したり、木炭を注入したりと手の込んだことをしている。指導は現職の警察官なのだ。陰の差し押さえの買い手は、どこのチロリン村の濁り酒といえば、そうっと逃げてそ知らぬ顔をしているのだ。触らぬ神に祟《たた》り無《な》し?! さ。

あとがき

法政大学で通信教育部に在籍すること早や十五年、史学科を卒業して、日本文学学科へと歩を進め、『小説　新宿情話』、『歴史小説の読み方』の二冊を卒業論文として、中沢けい先生に認定をしてもらった。

文学演習講座で、『私小説というレトリック――「私」を生きる文学』（鼎書房）の伊藤博先生、『女性文学の現在、貧困、労働、格差』（菁柿堂）の矢澤美佐紀先生の二人の文学論には、大変感銘を受けた。その先生方から習得したもので、『小説　天は壷中に在り』を書くことができた。嬉しかった。

この度は、文芸社編集企画部の、小野寺美和氏に、すがるような気持ちで、私の残り少ない生命の火を託すことにした。先生の「美和」という名前に感じたのである。「経営学」で学ぶ、近江商人の言葉「我よし、君よし、全てよし」とする三つの和の精神に突き動かされたのである。

今までは、家族の川田典由、川田佳代子にいろいろと助言をもらっている。感謝に堪えない。一年に一冊の小説をと決意して、拙い文章に目を通していただいた加曽利達孝氏、明子夫人には、末筆ながら誌して篤く感謝の意を表します。ありがとうございました。我、生きうる限り希望は捨てず。

本名、川田紘一を、筆名、西丘聖晴と決めた日、令和五年六月十八日（父の日）に、記す。

最後になりましたが、文芸社編集部の皆さまには、一方ならず御指導にあずかりました。末筆ながら誌して篤く感謝の意を表します。ありがとうございました。

令和五年十二月八日

著者

著者プロフィール
西丘 聖晴（にしおか きよはる）
1942年　大阪市東淀川区木川西之町で生まれる
1965年　大阪商業高等学校卒業
1969年　立命館大学文学部卒業（文学士）
1969年～72年　三年間、私立市川商業高等学校教諭
1990年　創価大学法学部卒業（法学士）
2004年　大阪学院大学流通科学部卒業（経営学士）
2016年　法政大学通信教育文学部史学科卒業（文学士）

現在、法政大学通信教育文学部日本文学学科（四回生在学中）

小説 皇國《みくに》の母

2024年４月15日　初版第１刷発行

著　者　西丘 聖晴
発行者　瓜谷 綱延
発行所　株式会社文芸社
〒160-0022　東京都新宿区新宿1－10－1
電話　03-5369-3060（代表）
03-5369-2299（販売）

印刷所　図書印刷株式会社

ISBN978-4-286-24858-5　　JASRAC 出2400526－401